R.O.D
READ OR DIE
YOMIKO READMAN "THE PAPER"

倉田英之
スタジオオルフェ

集英社スーパーダッシュ文庫

R.O.D

CONTENTS

イラストレーション／羽音たらく

R.O.D
READ OR DIE
YOMIKO READMAN"THE PAPER"

プロローグ

本が好き。

死ぬほど好き。


ページをめくると漂ってくる、かぐわしいインクの香り。

試行錯誤を繰り返して高められた印刷技術は、まさに芸術。

純白の紙は、文字たちが美しく円舞曲を踊るステージ。

そしてそれらが織りなす、幾億もの物語。

叡知、欲望、苦悩、歓喜、憎悪、悲嘆、驚愕、人間の中にある全ての情熱が、そこには記されている。

手の中におさまる紙の束に、本物の宇宙をも凌ぐ無限が眠っている。

私たちは、ページを開くだけで、その無限に飛びこんでいける。

心を包みこむ歓びの波。陶酔に身を委ねながらも、目は紙面から一時たりと離れない。離すことができない。

いつしか私はこの世界と別れ、紙とインクの中へと沈んで……。


本が好き。

大好き。


「……嫌なビルだ」

車から降りるなり、呉は吐き捨てるように言った。

J・フィリップスのスーツに包まれた身体は小柄だが、硬質なゴムのようなしなやかさに満ちている。胸ポケットから覗く蛇の頭は見る者を驚かせるが、近づくとよくできたイミテーションだとわかる。

呂はこの兄貴分がひどく機嫌を損ねていることに気づいた。口から出るのは、

「ごふ……？」

という太い息だけだったが。

息のみならず、呂は手も指も首も顔もなにもかもが太く、大きい。呉に比べて簡素なスーツを着ているが、これは見事な体軀にあうサイズが無いためだろう。

往年のコメディ映画に登場する凸凹コンビのような二人だったが、それなりに息はあっているらしく、呉は呂の疑問符に答えを返す。

「まるで墓石だ。縁起でもねぇ」

なるほど、鬱蒼とした闇の中では、目の前のビルはやけに明るく、白く感じられた。多分に月光のせいなのだろうが、それは確かに巨大な墓を思い起こさせる。

呂は周囲を見渡した。彼方に明かりが見える。おそらく、駅の類だ。

別に田舎というわけではない。闇の中には、明かりの灯されていないビルが幾つも並んでいた。ただ人がいないだけだ。そういう意味でもここは、墓地に似ていた。

東京。御台場。

臨海副都心開発の失敗により、この一帯はゴーストタウンと化した。昼間ならまだ人影もあるが、そろそろ日付も変わろうかという今、夜となっては犬の姿さえも見当たらない。

不夜城――――香港から来た自分たちにとっては、冗談のような闇だった。

なぜ取り引きの場所がここになったのか？　呂にしてみれば納得できなかったが、

「大方、売り払う相手が日本人なんだろ」

呉はどうでもいいような口ぶりでつぶやいた。そう言われてみればそうなのかもしれない。日本人は、世界で最も無駄なことに金を費やす人種だからだ。

「さっさとすませて帰るぞ」

「ごっ……」

呂が、後部座席からアタッシェケースを取り出した。幅が妙に分厚い。

呉は改めてビルを見上げる。四〇階建てほどのビルだ。

その上のほう、三〇階半ば辺りに、明かりの帯が巻かれている。あそこだけ、照明が点いているのだ。

「ちっ」

呉の不機嫌指数はさらに上がった。

この闇の中では、ネオンも同然だ。取り引きは目立たず、静かに、平和にやるのが常識だろうに。

「…………………」

周りを見回す。警察や同業者の気配は無い。

それでも細心の注意を払いながら、呉はビルに向かった。呂が、ケースを持って後に続いた。


外観と同様に、中身も墓のようなビルだった。人の気配がまるで無かったのだ。

完成はしたものの、テナントが入らなくて赤字だけが残り、無人のまま放置されているビルはざらにある。ことにこの御台場などはそんなビルの見本会場だ。

だがしかし、呉が中に入って感じたのは、また違った感覚だった。

「……外しとけ」

エレベーターの中で、呉が小さく言った。

そのひと言で理解し、呂はスラックスの後ろにつっこんでいた銃の安全装置を外した。

取り引きは三四階で行われる。呉は乗るなり三三階と三五階、上と下のフロアーのボタンを押したが何も反応しなかった。故障、といえばそれまでなのだろうが、なにかが気になった。

カツ、カツ、カツ。靴底で叩く床が、安っぽい乾いた音を立てる。材質に金をかけているとは思えない。これではテナントが入らないのもしょうがないだろう。

エレベーターの表示が『34』にかかった。

「行くぞ」

わずかに意気込んだ顔で、呂が頷く。ドアが静かに開いていった。

「…………………」

ドアの向こうは、もうフロアーだった。

廊下やドアの類を想定していた呉は、かすかではあるが意表をつかれた。

だだっぴろいフロアーだ。元はなにかのオフィスだったようで、机がところどころに残っている。書類、バインダー、メモ用紙、雑誌など、紙のゴミが散乱している。

呉と呂はそれぞれ、フロアーの左右を見渡した。人の隠れている気配はない。

二人の視線が、中央に集まった。そこには会議用か、だ円形の大きめなテーブルが置かれている。別に特徴のあるものではない。そこらの会社の会議室から運んできたような、ありふれたテーブルだ。

そのテーブルの向こうに、二つの人影が立っていた。

「よォーこそ！　お待ちしておりました！」

両手を広げ、甲高い声をあげたのは金髪、濃紺のスーツを着た男だった。印象としては若いが、目をサングラスで隠しているため、確信は持てない。

横に立っているのは、女だった。

ロングの黒髪、肌は黄色人種のそれだった。目はやはりサングラスで隠れていたが、鼻、唇、頰の艶から察するに二〇代中頃だろう。

白衣を思わせる、野暮ったいコートを羽織っていた。その下には奇妙にくすんで見えるシャツ、曲がったタイ、そして膝下までを覆うスカートを着込んでいる。

色気、センス、ファッション、流行、そういう言葉とは無縁に思える女だった。

「…………」

女はあうあうあう、と口を開閉していた。金髪をならってなにか歓迎の言葉を口にしようとしたが、言葉に口がついていかないのだろう。明らかに、緊張している様子だった。

呉と呂は、無言でフロアーに足を踏み入れた。むき出しの床が、エレベーターと同じ安っぽい音を立てた。

テーブルに近づきながら、視線を走らせる。柱の陰に他の者が潜んでいるかと思ったが、見あたらなかった。一気に壁までを見通せるフロアーには、どうやら自分たちだけのようだ。

二人が歩いている間、金髪はずっと顔の下半分に笑みを浮かべていた。

呉は金髪の横に置かれたスーツケースを見て、警戒のレベルを〇・一だけ緩めた。

女は落ち着きなく、呉の顔と呂のケースを交互に見比べていた。視線にあわせてぶんぶんと動く首が、仕掛け人形のように見えた。

素人だ。

呉は確信した。だが、なぜそんな素人がここに？

ほどなくして二組は、テーブルを挟んで向かい合った。

「遠路はるばるすみません、呉先生」

「初対面の人間に先生と呼ばれたくはないな」

呉は、金髪が投げてくるうわべの親しさをはじき返した。

「これは失礼を」

しかし金髪は一向に気にしていないようだった。

呉の視線が、女に向けられる。

「その女は、なんだ？」

質問に、女が身を固くした。

「私どもの、スタッフです。……失礼ながら、鑑定人でして」

「鑑定人？」

「はい。なにしろ私、そちらのほうにはうといもので。こう申してはご気分を悪くされると思いますが、なにかの手違いで偽物をつかまされると、たいへんに困りますので……」

呉の左眉が正確に一センチ上がった。

「俺たちが、信用できないんだな？」

「ええ、あんまり」

さらりと金髪が言い放つ。会話は徐々に、虚飾を脱ぎ捨てつつあった。

「…………」

呉の、音まで発しそうな視線が、女に降りかかった。女は困惑を顔に貼ったまま、

「……………ど、どうも♪」

ぎこちない愛想笑いを浮かべた。にへら、としか形容のできない笑いだった。

「……まあ、いいだろう。別に友達になりたいわけじゃない」

呉は女の笑みを完璧に無視した。つまりは事情を知らない素人が担ぎだされただけなのだ。どのみち信頼とは無縁の仕事である。それぐらいの注意をされたほうが、自分たちも話を進めやすいというものだ。

呉は、愛想笑いを浮かべたままの女に向かった。

「コートの前を開けて、中を見せろ」

「！」

女は笑いを強ばらせ、顔を赤くして黙り込んだ。

「どうした？　はやくしろ」

蚊の泣くような声で、女が答える。

「………………えっち、です」

フロアーいっぱいに、沈黙があふれかえった。

「なんだそれはっ！」

女にえっち、と呼ばれたのは何十年ぶりだろう。呉は慣れないリアクションに、多少取り乱していた。

「だって……見せろって……」

金髪がクスクスと笑いながら、女に説明する。

「誤解です。こちらは、あなたが武器を隠してないか、知りたいんですよ」

女は汗をだらだら流し、息をぜぇぜぇと荒くした。

「……び、びっくりしました。すみません。私、てっきり……」

「いいから、さっさと前を開けろ！」

つい呉の声も大きくなる。

「は、はいっ！」

女は勢いよく、コートの前をバッ！　と開いた。

「!?」

意外に見事なボディーラインを見て、二人の視線が曲線を描いた。

それはともかく。

コートの中に、別に武器の類は見あたらなかった。だが、裏地にはやたらと内ポケットがあり、その全部に文庫本、丸めた雑誌、スポーツ新聞などが突っ込まれている。

「……なんだ、そりゃ？」

　当然すぎる呉の問いに、女が顔と声を輝かせる。

「本です！」

「見りゃわかる！　なんでそんなに持ってんだ⁉」

「だって、電車乗ったりした時、読むもの無いと困るじゃないですか！」

　あれだけうろたえていた女が、呉に食い下がってくる。

「新聞一枚ありゃじゅうぶんだ！」

「そんなの、一分ももちません！　それにみんなおもしろいんですよぉ！」

　女は文庫本を一冊取り出し、呉に向けて突きつける。

「ほら、この『天井裏からラブソング』なんて、最後のほうすっごい泣けて！　誰もいないライブハウスで恋人にバラード歌うシーンが……」

　しかし呉は、喋り続ける女を美しいほどに無視した。

「なんだ、こいつは？」

「鑑定人です」

　金髪の答えは、必要最低限だった。当然ではあるがそれ以上はなにもわからない。

「…………もういい」

　呉の声に、金髪が手をかざして女を鎮める。女は口を尖らせて、しぶしぶと本を仕舞いこんだ。

「ではさっそく、現物を見せていただけますか？」

呉が、呂を見る。呂は頷き、アタッシェケースをテーブルの上に置いた。

「……開けろ」

呂が、ケースについていた三重のロックを外していく。カードキー、ダイアル式入力、指紋照会の順に。

ヴンとくぐもった音を立て、ケースが開いた。

「……見せろ」

呉の言葉を受け、呂がケースを回した。中身が、金髪たちに見えるように。

豪勢なケースだった。外からの如何なる衝撃も吸収する二重の緩衝材が、敷きつめられている。

呉がやや自慢げに口を開く。

「ケース内は常に一五℃。除湿、換気も完璧だ。耐熱、耐水、耐衝撃は全て軍クラスをクリアー。実際のとこ、俺なら一生この中から出ないな。オフクロの腹の中より快適さ」

「美しい気配りです」

その贅沢な環境に保護されて、今夜の主役がケースの中央に鎮座していた。

「依頼の品だ」

大国の皇太子のように、丁寧に慎重に運ばれてきたもの。

それは本だった。黒い革表紙の、ずいぶんと古い本だ。表紙には金糸で書名が綴られている。

「『黒の童話集』。一六四三年にアンジェリカ・ラーストンがスポンサーの貴族のために書き下ろしたといわれてる。童話とは名ばかりで、その内容は色本も裸足で逃げ出すエロとグロの集大成。秘匿本だったから、世界でも正真正銘この一冊きり。世界中の童話マニアが喉から手を出し、手の先から涎をしたたらせる稀覯本だ」

「はいはいはいはい……」

呉の説明に、金髪が何度も頷く。

「しかし、どこにあったのですか？　ずいぶんと前に行方がわからなくなったと聞きましたが？」

「七日前、ユタのタッカー・リングラードが死んだのは？」

「聞いてますが」

「ヤツの八番書庫で見つかった。この二〇年、表にも裏にも出てこないと思ったら、あいつが隠し持ってたのさ」

納得したように金髪が答える。

「書海、と呼ばれるタッカーの本棚ですか。そう聞くと、なるほどって感じですね」

「親族よりも先に古本屋が駆けつけたらしいぜ。まあ蔵書屋には似合いの話だな」

「月並みですが、コレクションは天国まで持っていけませんからねぇ」

呉と金髪がそんなやり取りを交わしている横で、呂が怪訝な顔を作っていた。

彼が見ているのは、金髪の横に立っている女だった。

女は会話も耳に入らない様子で、じっと本を見つめている。サングラスを通してさえ、その視線にこもった熱がわかる。

「あのぉ……」

女が口を開いた。声がかすれていた。

「……拝見させて、もらっても？」

声をかけられて初めて、呉も女の様子に気づいたようだった。しかし鑑定士というなら、断る理由は無い。

「いいだろう。おい」

言葉の後半は、呂に向けられたものだった。

呂は白い手袋を着け、ケースからうやうやしく本を取り出した。

わざと丁寧に本の向きを持ち替え、女のほうに差し出す。女はクリスマスのプレゼントをもらう子供のように、貪欲にそれを受け取ろうとする。

「！」

だがしかし、呂が慌てて本を引っ込めた。

「あうっ!? ……なにするんですっ！」

女が驚き、声を荒げる。本気の怒りが混ざった声だった。しかし呂も、そこで怯む気は無かった。

「うおっ！」

呂は白い手袋で、女の口を指さした。

「えっ？」

透明な水滴が、とろりと垂れていた。

「あぁ⁉」

意外なものに、呉も声をあげた。

それは疑うことなく涎だった。信じられない粘質で、涎の雫は女の胸下まで垂れ下がった。

「あっ……⁉　あらっ、あわわっ！」

女が顔を真っ赤にして、手をあたふたあたふたと振り回す。その動きで涎は床のほうに消えていった。テーブル越しなので、呉と呂には見えなかったが。

「しっ、失礼しましたっ！」

女が深く頭を下げる。金髪は横で、クスクスと苦笑していた。

「冗談じゃねぇ、汚したら言い値で買い取ってもらうぞ」

「いやすみません。彼女も筋金入りの愛書狂なもので。珍しい本を前にして興奮してしまったのでしょう」

女はうつむき、頬をまだ紅潮させている。

「気をつけろ、まったく……」

呂が露骨に顔をしかめて、それでも再度本を差し出す。その動きに女はバッ！　と顔を上げた。全然懲りていないようだ。さすがに涎は垂らしてないが。

女は呂から、『黒の童話集』を受け取った。ほうと、小さな息を漏らす。

なにがおっかないのか、呂は怯えて手を引いた。

女はゆっくりと、本を胸に引き寄せる。

「しつこいようだが、汚すなよ」

女が素手なのは、紙質を確認するためだ。それがわかっていても、呉は不安でしょうがなかった。

女は、顔を金髪に向ける。

「……いいですか?」

「ガマンしなさい」

「……でもぉ。やっぱり直に見ないと、確信が……」

金髪はしばらく黙った後、

「しかたありませんね……ま、いいでしょう」

とある許可を、女に下した。女の顔が、即座に明るくなった。

「?　おい、なに……」

呉が問う前に、女がサングラスを外した。素顔が現れるかと思いきや、下には大きな黒フチのメガネをかけている。なんとなく、呉も呂も拍子抜けの気分になった。

不格好なメガネは、女の野暮ったい印象を、ますます増幅させている。

だがしかし、奇妙なことに、レンズ越しに見える大きな瞳は、呉や呂を威圧する輝きを見せていた。

あきらかに興奮している女に、金髪が声をかける。

「眺めるだけですよ。くれぐれも読まないように」

「わかってます」

女は、白い指先で本の縁をなぞった。ゆっくりと、いとおしむように。紙質を確かめているのだ、と呉は思った。

彼女は本をひっくり返し、裏表紙も同じようになぞった。そのことにどんな意味があるのだろう?

ふと見ると、呂が女を凝視していた。

すぅ、はぁと軽く息をついて、女は本を開けた。いきなりほぼ中央を開き、見開きに目を落とす。

「うふふふふふふふふふ…………」

頬がまた赤くなった。目がややうるんでいた。まるで恋の告白を受けた少女のようだった。女の中で確かに、なにかが昂っていた。あれだけ野暮ったく、特に魅力もなかった彼女から、色まで見えそうな空気が漂っている。

商売女のそれを、何倍も濃くしたような色香だった。喉が鳴る音がした。呂が、口に溜まった唾を飲み込んだのだ。

女は陶然とした顔を……いきなり、開いた本の上に〝ばふっ〟と落とした。

「おいっ！」

思いがけない行動に、さすがに呉が声をあげる。

金髪が手をのばし、それを抑える。

「ご心配なく。別に頬ずりしているわけではありません。匂いを嗅いでいるだけです」

「匂いぃ？」

「紙の匂いです。それも真贋の判別材料のひとつでして」

「そんなもんで、わかるワケが……」

「わかるんです。彼女は」

きっぱりと、金髪は言い切った。

「科学的測定、史実の側面からくる証明、筆致、文体による判断。本の真贋は主にこの三種で見分けられますが、時に、そういった判別術を超越する人材がいます」

金髪が言葉を連ねている間にも、女はくんくんと鼻を鳴らしている。

「作者が本に込めた感情、本自体が蓄積した膨大な歳月は、如何なる技術を以ても模倣することはできません。彼ら、そして彼女らは、紙面の下に潜むそれを〝読み〟とるのです。類まれなる、本への感情移入を武器として。……彼女も、その一人です」

「……あん……」

返答でもないだろうが、女が本の隙間から小さな声を漏らした。エクスタシーが含まれてい

るのは明らかだ。

呉はこの取り引きに、どうしようもない違和感を感じていた。ビルを見た時に覚えた、嫌な感覚。それが彼の中で、毒蛇のように鎌首(かまくび)をもたげていた。

商売柄、本の鑑定人(かんていにん)には日常的に会っている。しかし〝匂(にお)い〟で真贋(しんがん)を判別する者など見たことがない。

女の顔が上がった。

目はうっとりとうるみ、顔はピンク色に染まっていた。

「いかがです?」

「本物……です……」

陶酔(とうすい)した口調で女が答える。呉はその言葉に胸をなでおろし、次いでなでおろした自分にイラだった。本物で当たり前だ。これを入手するのに一〇〇万ドルを費(つい)やしたのである。

「結構。さすがは〝読蛇(どくじゃ)〟の呉さん。いや、疑っていたわけじゃないんですけどね」

「いいさ。こっちは金が貰(もら)えりゃ、それでいい」

金髪の言葉を手で払う。ともあれ、取り引きは成功の方角に向かっている。そのことが呉の口を軽くした。

「しかし、この世界で女ってのは珍しいな」

「そうでしょうか?」

答えたのは、女本人ではなく金髪だった。女は本を胸に抱きしめ、まだぼやっと宙を見ている。あたかもその本が、自分へのプレゼントであるように。

「コレクターって人種は、ほぼ一〇〇%男だからな」

「言われてみれば、そうですね」

「女は冷めやすいからな。根気よくモノを集めるってことはしないだろ。特に本なんて、役に立たんものは」

最後のひと言に、女が少しだけ反応した。夢想の花園を漂っていた視線が、たちどころに呉へむけられる。硬質の尖端で。

「意外なことをおっしゃいますね。呉さんにとって本は役に立たないものなのですか?」

「本なんてものは、場所は取るし重いし他に使い道もない紙クズさ」

金髪の言葉を、呉は荒々しく打ち消した。

「はぁ。しかし普段読んだりはしないんですか?」

「本は読むもんでも書くもんでもねぇ。売るもんだ。他より金になるからやってるだけさ。俺の親父も、祖父もそうだった」

呉は皮肉な笑いを浮かべる。

「なるほど……」

相槌をうつ金髪の横で、女の様子が変わっていた。

「あなた!」

女は大声で、呉を怒鳴りつけた。

「なんですか、その言葉はっ！　本は、人の叡知が結集した世界の宝物なんですよっ！」

呉は女の勢いに目を丸くしていた。女に怒鳴られるのは、学校で女教師に叱責されて以来だった。その隣では、兄貴分よりも驚いた顔を呂が作っていた。

「何十年も何百年も昔の人や、世界の裏側にいる人の思いが、紙を通じて伝わってくる素晴らしさ！　時に知性を、時に情熱を、自分の解釈しだいで読み取れる無限の可能性！　こんなに深い感動を与えてくれる〝本〟を紙クズ!?　訂正してくださいっ！」

立て続けに怒声が浴びせられる。しかし呉の顔に浮かんでいたのは、怒りより圧倒された驚きだった。

「んむっ！」

金髪が、慌てた様子で女の口を塞ぐ。

「た、大変失礼しました。申しましたように彼女、本に関すると多少取り乱してしまうもので……寛容に聞き流していただけませんか」

口を押さえられて我に返ったのか、女も黙り、顔に反省の色を浮かべていた。

「あ、ああ……」

呉はどうにか頷いた。呂の知る限り、呉にたてついた者で大なり小なり傷を負わなかった者はいない。その呉が、気圧されていた。

女の声は、目は、顔はそれほど圧倒的だったのだ。

金髪が、調子のいい声を糸にして場を繕う。

「さすがは呉先生。いやいや、お会いできて光栄でした」

「過去形にする前に、金を払ってもらおうか」

　呉の視線がへばりついてくる。自分のペースを取り戻そうとする、粘着質な視線だった。

「もちろんですとも。ここに」

　金髪自らが、テーブルの上にケースを置く。呉たちのものとは違い、ごくありふれたケースだ。

「どうぞ」

　金髪はケースを開け、同様に呉たちのほうに中身を見せる。総額三〇〇万ドルの札束が、窮屈そうに並んでいた。

「見せろ」

　呉の声に従い、金髪がケースを滑らせる。呂は札束の一つを手に取った。

「…………………」

　表情は変わらなかった。しかし滲み出る空気は一変した。札束の裏を、呉に突き出す。

「…………どういうことだ、イギリス野郎？」

　呉の声は冷静だった。冷静を保っているように聞こえた。札束の裏は、驚くほど白かったからだ。これは札束ではない。紙束だ。

　呂が他の束を散らかした。一番上の層以外は、皆ただの紙だった。

「見てのとおりですが？　紙です。ただの紙」

「ふざけるな！」

怒声というより咆哮だった。呉は紙束をわし摑みにし、金髪と女に投げつける。金髪は軽い動きでそれを受け止めたが、女のほうは胸元に直撃をくらった。両手は本を抱きしめていたからだ。

「本だけ受け取って礼は紙クズか？　それが英国人のやり方か、ええ？」

呂が後ろに手をまわし、銃を取り出した。銃口は、とりあえず金髪のほうに向けられる。呉
のひと声で発砲できる。

「英国人のやり方は、礼儀と正義です。失礼ですが、あなたがたにはどちらも使えない」

「なんだと？」

金髪の声から軽さが消えた。

「この本は、今から二五年前に大英図書館から盗まれたものです。調査によると、盗難に当た
ったのは東洋系の一団だったとありますね」

「なにが言いたい？」

「大英図書館、特殊工作部の名に於いて、当書をあるべき場所に戻します」

呉は黙って、自らも銃を取り出した。

「一応、聞いておきますが。平和的に解決する気なんてありませんか？　たまには話しあいと
かも、いいもんですよ」

本気ではないだろう金髪の申し出に、呉の顔が一層凶悪に歪んだ。

「地獄でアレをしゃぶってろ」

「……意味はわかりませんが、たぶん拒否されたんでしょうねぇ」

呉の銃口が、女のほうに向けられた。女はより強く、本を抱きしめる。

「……本を返せ」

呉の視線を、女はメガネの奥で受け止める。

「渡しません。これは、私のです」

「大英図書館のです」

「俺のだ！」

女の言葉を金髪が、そしてそれを呉が訂正した。金を払う気がないのなら、逡巡する必要もない。引き金にかけた指に、力が入る。銃の照星は、女のメガネをつなぐ橋に当てられていた。

女の手が動いた。胸元に居すわっていた紙束をつかむ。

呉が引き金を引いた。銃口から弾丸が発射される。

空虚なフロアーを、大きな銃声が埋めた。

「なにっ」

呉が目を丸くした。

女の顔が白くなっている。それは、銃弾を受けて血の気が引いてとか、そういう意味ではない。メガネをへし折り、顔骨に穴を開けるはずの銃弾は、白の中に埋まっていた。女が顔の前にかざした、たった一枚の白い紙に止められていたのだ。

「なっ……!?」

さっき自らが投げつけた紙だ、疑う余地はない。正真正銘、どこにでもあるただの紙だった。銃弾を止めるどころか、猫の爪で破れるシロモノだ。

しかしそれは、今彼の目の前で、彼の撃った弾丸を止めていたのである。

「ああっ!?」

呉よりも、呂の反応のほうが速かった。呂は標的を金髪から女に変え、続けざまに引き金を引いた。途切れない銃声が轟いた。

「わっ!?　あっ、ちょ、ちょっと!?」

プールで水でもひっかけられてるような声が聞こえてきた。女は紙束から矢継ぎばやに紙片を取り出し、弾丸のことごとくを受け止める。

「ほっ、本に当たったらどうするんですかっ!?」

呂が驚愕を埋め込んだ目で呉を見た。呉は答える前に、再び女に銃を向けていた。

二人の一斉発射なら捌ききれまい。そう考えての行動だった。

しかし女のほうでも、その考えを即座に見抜いていた。

「もうっ！」

女は紙束をつかみなおし、宙に放り投げた。

ひらひらと、紙片は大きめの紙吹雪となり、二組の間に白い壁を作る。

純白のバリアーが、彼女たちを銃弾、そして呉と呂から隠しとおした。

弾丸に続いて紙片が床に落ちた時、金髪と女の姿は消えうせていた。

唖然(あぜん)とする呉の銃身に、飛来した紙がカミソリのように突き刺さる。

「ちいっ！」

呉は呂をひきずるようにして、机の陰に飛び込んだ。一瞬後、ヒュンヒュンと風を裂き、二人がいた位置に紙片が飛来した。

「あおっ、あおおっ⁉」

呉が、パニックになった呂をなだめつつ、銃身から常態に戻った紙を破り取る。

「紙使(ペーパーマスター)いだ……」

「⁉」

「聞いたことがある。その名のとおり、紙を武器にする特殊能力者だ」

紙飛行機が飛んできて、宙でターンし、呉の足下に刺さる。その表面には「正解です」と文字が書いてあった。

「⁉」

どこからともなく、金髪の声が響いてきた。

「ご存知でしたか。さすが」

呂が取り乱し、立ち上がって銃を撃とうとする。

「！　ぅがあっ！」

だがそんな呂めがけて、紙飛行機が殺到した。

「バカっ！」

間一髪、呉が呂をひきずり倒す。何百機もの紙飛行機が、嵐のように二人の頭上を通り過ぎていった。

「あれは紙じゃねぇ、凶器だ！　うかつに動くな！」

ぜぇぜぇと息をつく呂の顔に、小さな切り傷がつけられている。

二人の前に、紙飛行機の置きみやげか、ひらひらと書類が落ちてきた。拾い上げてみると、それは降伏勧告書だった。弁護士を呼ぶ権利、黙秘権などの条項が細かく書かれている。

「ナメやがって！」

怒りにまかせて、呉がそれをびりびりと破いた。机ごしに、今度はあの女の声が聞こえてくる。

「あのー……投降したほうが、いいですよ。一応、裁判も受けられますし」

「ザ・ペーパー。説得は無意味です。速やかに拘束しなさい」

「はぁ……」

「勝手なこと、ヌかすな！　誰がてめぇみたいなバケモンに捕まるか！」

紙のような沈黙の後、情けない泣き声が聞こえてくる。

「…………しくしく」

「あの、ウチのエージェントを傷つけないでください」

「うるせぇっ！」

怒鳴りっぱなしの呉を、呂が不安げに見つめる。

「びびるな。これならこれで、戦い方はある」

呉が、胸元の蛇に手をやった。

「あの女を、直（じか）にぶっ殺せばいいだけだ」

突然立ち上がり、スーツの上衣とシャツを脱ぎ捨てる。その身体には、拘束具のように金属の蛇が巻きついていた。先端には、胸ポケットから覗（のぞ）いていた蛇のアタッチメントが装着され、腰のベルトには、同様の蛇の頭部——ツノ付き、三つ首——がズラリと並ぶ。

むき出しの上半身には、蛇の鱗（うろこ）の跡が生々しく残り、不気味さをもり立てていた。

姿を見せた呉めがけ、紙飛行機が飛んできた。

「殺（シャー）！」

蛇の尾をつかみ、振り回す。呉の身体からするするとほどけ、鞭（むち）となって飛んでいく蛇が、紙飛行機に向かい、弾（はじ）き飛ばす。弾かれた紙飛行機が、机に刺さる。

「ほう！」

金髪の声には、感嘆と賞賛が混じっていた。

「たかが女の紙細工（かみざいく）、俺の蛇に通じるか！」

ニヤリと笑う呉めがけ、さらに多くの紙飛行機が飛来する。

「殺殺殺殺殺（シャシャシャシャシャー）！＆死（デス）！」

呉の手先が見えないほど素早く動き、蛇がそれにつれて暴れまわる。紙飛行機はことごとく落とされ、ちぎられた紙片が雪のように舞った。

その向こうに、人影がぼうと浮かんだ。

「殺せ！」

飛び出た呂が、影にむかって突進していく。

「ごぉぉぉぉ！」

体当たりした呂は、そのまま影を床に押し倒した。しかし、

「ごっ⁉」

それは女でも金髪でもなく、集英社文庫春のブックフェアー用の女性アイドル等身大ＰＯＰだった。

「！　戻れ、罠だ！」

遅かった。ハッと気づくと、机の端、天井、ゴミの隙間、いたるところに紙テープが仕掛けられている。

「！」

次の瞬間、紙テープが一斉に呂に向かって撃ち出された。

「うおおっ！」

テープが身体に巻き付いていく。もがいているうちに、呂はたちまちミイラ状態になった。のみならず、テープはキリキリと身体をしめつけてくる。

「ちいっ！」

助けに向かおうとする呉の背後から、紙の音が聞こえた。

振り向きざま、呉が蛇をしならせる。しかし飛んできたのは紙飛行機ではなく、折られてない紙片だった。文字通り薄紙の厚さしかないそれを、蛇頭(じゃとう)は落とすことができない。

紙片はかわした呉の頭をかすめ、背後に消えた。

「どうです？　降伏(こうふく)する気になりましたか？」

もがいている呂を背後に、呉は額から流れてくる血を舌で舐(な)めとる。

「俺が〝読蛇(どくじゃ)〟って呼ばれてるのはなぁ、コイツを使ってるせいじゃねぇ」

呉は、先の蛇頭を外して投げ捨て、別のアタッチメントを装着した。蛇の口から、鋭利な刃先が突き出ているものだ。彼の顔にも、刃物に負けない凶悪な笑みが浮かんでいる。

「性分(しょうぶん)のせいだ。獲物は必ず殺すからよ」

「……了解しました。………ザ・ペーパー！」

途端に、呉に向かって嵐のように紙片が殺到する。

呉は、蛇の中央部にあるグリップをひねった。すると、関節部がズレて互いにハマりこみ、鞭(むち)が棒へと変形した。

「殺(シャー)！」

呉が、棒をバトンのように高速回転させる。飛来した紙は次々に巻き込まれ、ちぎれ飛んでいく。

やがて紙吹雪(かみふぶき)の向こう、机の陰に、呉は紙を飛ばす手が覗(のぞ)いたのを見てとった。

「殺(と)った！」

すべての紙をたたき落とし、棒を槍(やり)のごとく構えて机に刺し、そのまま持ち上げて放り投げる。机は窓ガラスを割り、夜の闇に落ちていった。

はたして机の向こうには、女が座りこんでいた。床には一面の紙が散乱している。

「あわっ!?」

女は居所を突き止められ、みっともなく這(は)う。しかし行き先は、たちまち柱によって遮(さえぎ)られた。

「ふんっ！」

刃が、女の喉(のど)にピタリと当てられる。

「……てめぇの負けだ、紙使い」

呂のほうを顎(あご)でさし、命じる。

「……ほどけ」

途端に呂をしめつけていたテープがゆるみ、巨体が床に落とされる。

「ごほっ！」

呂が、まだまとわりつくテープを破りながら立ち上がった。

「……修行がたりませんね、ザ・ペーパー」

「……すみません……」

女は悲しげな声を出す。しかし目下命の危険に直面しているという悲愴感ではない。試験で悪い点を取ってしまった生徒のようだった。それが、呉には腹立たしい。

「おまえも出てこい！　イギリス野郎！」

「はい。よいしょ」

すぐ隣の机の下から、金髪が姿を現した。呉のみならず女も意表をつかれ、驚く。

「いやぁ、読蛇の意味がわかりました。勉強になった」

「……並べ」

金髪は、手をあげて女の側に立った。女も、おそるおそる立ち上がる。四人は、取り引き開始の時と同じく二手に分かれて向かいあった。

「殺してやる」

「その前に、……どうしても、投降とかしませんか？　そうしていただけると、後かたづけがたいへん楽になるのですが？」

金髪の声には、どこまでも緊張感がない。

「？　なにヌかしてやがる！　てめぇ、頭ん中まで紙クズか」

「……やっぱり、ダメですか。しかたありませんね」

金髪は、女に目配せした。

「最終段階にうつりましょう」

「はぁ……」

一向に怯えない二人が、呉にとっては腹立たしい。

このバカげた夜も、どうやらクライマックスを迎えたようだ。ただ感情の激するままに、言葉をぶつける。

「殺す！　今殺してやる！」

女は、困ったような顔で二人を見た。しかし口を開いたのは、金髪のほうだった。

「すいませんが、もう戦いは終わってるんです」

「なに？」

「あー……言ってみれば、ここに来たことがもうお二人の敗因なんですよ」

金髪が、最初にいたテーブルの床を指さした。

「…………」

呉は思わず、金髪の指さす先を見る。わずかに、床がたわんでいる。ビール瓶の口よりやや大きいぐらいの、ほんの小さなたわみだ。

呉の中で、記憶がフラッシュバックする。女が涎をたらした記憶が。

「！　まさかっ！」

呉の思考が、あまりに馬鹿馬鹿しい結論に至った。そんなことが⁉

「ご名答」

正解だった。金髪が笑った。

「……ごめんなさい」

女が頭を下げた。

同時に、呉と呂の膝が大きく曲がった。いやそれは、足から伝わってきた錯覚だった。

二人の立っていた床が、大きく波うったのだ。

足がぐらつく。姿勢を保てない。直立すら不可能だった。ひどく不安定な感覚が、二人に襲いかかった。

「バカな⁉ これはっ、これはっ⁉」

横を見ると、呂が倒れていた。その顔は、泣きそうにねじれている。

ビル自体がたわんでいた。床のみならず、壁も、天井も。

「これは――――っ⁉」

呉の解答に赤丸をつけるように、床が破れた。その下から、三〇フロアーぶんの深淵が顔を出した。

〝破れ〟はあっというまに呉と呂を飲み込んだ。

「ペーパ――――――！！！！！！」

落ちていく呉は、切り取ったように残っている紙の床、その上から心配そうな顔をのぞかせる女の姿を、目にやきつけた。

今日の昼まで空き地だった区画で、紙のビルは折れ崩れていった。ぱきぱきと、乾いた音をたてて。

その残骸をちぎり飛ばして、ヘリコプターが中から姿を現した。

ヘリは紙片を夜の中にバラ撒きながら、みるみる高度を上げていく。

座席には、サングラスを外した金髪の姿があった。

「こちらジョーカー。こちらジョーカー。任務は全段階無事終了。目標の保護、並びに拘束、及び任務の後処理を願います。ジョーカー、並びにザ・ペーパーは直帰します。報告は後日にて。以上」

無線で報告を終え、〝ジョーカー〟は首を鳴らす。

「ああ疲れた。やっぱり無粋な人間が相手だと、神経を使いますね」

ジョーカーは、後部座席に声をかける。

「お疲れさまです、読子。神保町まで送りま……」

彼の言葉は、メガネをかけた女——読子にはまったく届いていなかった。

彼女はくいいるように、『黒の童話集』に没頭していたからだ。目はひたすらに文字を追い、ジョーカーの声どころか、ヘリのローター音も聞こえていない様子だった。

大きく、ごついメガネの下で、黒い瞳が忙しそうに動いている。

「やれやれ」

ジョーカーは肩をすくめ、前に向き直った。

操縦士が、弾んだ声を飛ばしてくる。

「ぺっ、ペーパーマスター！　本当にいらっしゃったんですね。一緒に仕事ができて光栄です！　よっ、よろしければ、後ほどサインを……」

読書に夢中の読子にかわって、ジョーカーが答える。

「今は無駄無駄。ああなったら、読み終わるまで何も聞こえませんよ。彼女の欠点の一つです」

憧憬（しょうけい）も批評も、なにも聞こえなかった。〝ザ・ペーパー〟読子・リードマンはただ読書の快楽に身を沈めていた。呉や呂の顔すらもう忘れきっていた。

彼女は何よりも、そう、他のなによりも本が大好きなのだ。

ヘリは暗い御台場を後にして、月夜の中を都心の方角へ飛んで行った。

第一章『二人の〝せんせい〟』

アスファルトには、春の名残のように、桜の花びらが散りばめられていた。

校門に続く坂道を、ブレザーの制服に身を包んだ男女がほどよい割合で歩いている。

新学年になってもう二週間が過ぎ、どの顔からも緊張というものが消え、かわりに弛緩と早くも退屈が見え隠れしていた。

一年生は、高校が中学の延長にすぎないことを悟り、二年生は大学受験という次のハードルまでの執行猶予を楽しみ、三年生は一年後の自分が勝者、敗者のどちら側に立っているかを不安まじりで夢想する。

言ってみれば、都立垣根坂高校への通学路は、まったく平和だったのだ。

生徒個人レベルで見れば、それは悩みなどもあるだろうが、新聞や雑誌に載るほどの事件は起こっていない。

それが学校として特徴のない、地元の中学教師から〝安全パイ〟扱いされる原因でもあるのだが、都立高校として無風なのはむしろ歓迎すべきことだろう。

そんな平和の園に通じる坂を、生徒に混じって一人の女が歩いていた。

日差しも暖かだというのに、野暮ったい白のコートを着こんでいる。

旅行に行くのか、あるいは帰ってきたのか、小さな車輪のついたスーツケースを後ろ手に、カラカラと音立てて引っ張っている。握られたバーはケースそのものから引き出して使うタイプのものだ。

髪は黒のロングヘアー。顔にはやけに縁の太い黒メガネ。

あまりファッションとか、センスとか、流行ゴトには縁も興味も無さそうな女である。

歳は二〇代中頃か、あるいは幾つか若いかもしれない。

生徒たちのほとんどは、彼女にあまり関心をはらっていない。旅行に出かけるＯＬが通学路を通りかかっている、程度に思っているのだ。

つけ加えるならば、彼女のほうも生徒たちに無関心だった。彼女の意識は、ただ目の前にかざした文庫本に向けられていたのだ。

「…………………」

その視線は、忙しく紙面に並ぶ文字を追っていた。時折親指と小指を使い、ピッ、ピッと慣れた動きでページを送っていく。

文庫本の表紙には『猫のいる街角で』とのタイトルロゴ、数匹の子猫を抱いて笑っている少女のイラストなどが見てとれる。どうやらティーンズ向けのジュヴナイル小説のようだ。

女は本に熱中しつつ歩を進めているのだが、足取りには迷いも、危ういところもない。電信柱にぶつかりそうになったり、自転車が向かってきたりすると、きちんと避ける。それも意識してではなく、自動回避装置が内蔵されているかのような正確さだ。

おそらく、外出時はいつもなにかを読みながら歩いているのだろう。その〝馴れ〟は、昨日今日で出せるものではない。

女の足は、校門の前で止まった。

胸に紙面を当て、ほうと小さな息をつく。両の頬は、薄い桃色に染まっていた。そしてその上の両目には、うっすらと涙が滲んでいた。

リボンのついた栞を取り出して本に挟み、カバーの折り返しを開く。

そこには作者の顔写真と、簡単なプロフィールが載っていた。

後ろ髪を外側に向けてハネさせた少女が、笑顔で写っている。著者近影という言葉が似合わないほど若い。

そのはずである。この本の作者、菫川ねねは未だ一七歳、現役の女子高生なのだから。

女は誰に聞かせるわけでもなく、プロフィールの文章を口にした。

「菫川ねねね……現在都内の某高校に在学中、執筆と宿題に追われて悪戦苦闘の毎日……」

ぶつぶつとしたつぶやきを聞き、脇を通る生徒たちが怪訝な顔を作る。

しかし女は周囲に構わず、文庫本をコートのポケットにしまった。

「…………………あはっ♪」

改めて校舎を見つめ、にへら、と締まりのない笑顔を見せる。

すっと息を吸い込み、深々と頭を下げて礼をする。無論、誰に向けてというものではない。

「失礼しまーす！　今日からお世話になります、非常勤教師の読子(よみこ)・リードマンでーす！」

その言葉が終わると同時に、校舎から鐘の音を模(も)したチャイムが聞こえてきた。すでに靴箱(くつばこ)が並ぶ正面玄関へと向かっていた生徒たちが足を速める。

「…………うわたたっ！」

それが朝礼開始五分前の予鈴(よれい)だと知り、読子は慌(あわ)てて走り出した。

後ろから、スーツケースがカラコロと続いた。


「……とはいえ、人間気を緩(ゆる)めた時に限って、不幸が降りかかってくるのです……」

毎週月曜に行われる朝礼。校長の長話は、もはや生徒たちにとって日常だった。

さすがに一年生はまだ馴(な)れず、いつ終わるかとイラ立ちを顔に出していたが、二年や三年は時々時計を見て「今五分だから、もう五分は続くな」などと達観(たっかん)している。

だいたいにして校長ともなれば年寄りだ。年寄りは長い話が好きだ。だから校長が長話をするのは三段論法的に当然なのである。

今日もまた、その時間は一〇分近くの長きに及んだ。校長の禿(は)げた頭が礼のために傾いたのを見て、全校生徒の安堵(あんど)の息が無意識のハーモニーとなった。

「え、それでは。続いて皆さんに、新しい先生を、紹介します」

教頭のクセである区切った喋(しゃべ)りが、生徒に思いがけない興味の波紋(はもん)を作った。

「阿部(あべ)先生が、今週から産休を、お取りになりますので、臨時として、この先生に、世界史を受け持ってもらいます」

生徒たちと相対して並んでいた教師の列から、ふっと白いコートが動いた。そのまま、中央の朝礼台に上る。

「読子・リードマン先生です。どうぞ」

教頭の紹介に、生徒からざわめきが起こった。

「ヨミコ?」

「リードマンつった? 今? ガイジン?」

ともあれ、生徒たちの関心と注目は、台上へ集中した。

白のだぼっとしたロングコートに、太い黒縁のメガネ。化粧気のない顔、寝起きのようにぼんやりとした瞳。

魅力的と言うにはかなりの趣味性を必要とする印象に、主に男子生徒から落胆の息が漏れた。

しかし彼女——読子・リードマンは、そんな空気を微塵も察することなく、にこやかに笑った。

「皆さん、こんにちわぁ〰〰〰……」

しばし間を置く。もちろんここで「こんにちは」と返してくる生徒など、一人もいなかった。そんな幼児まがいのリアクションを本気で期待していたのか、読子の眉は少しだけ下がった。

「ん～～～……。今日から世界史を教えることになりました、読子・リードマンです。本を読む、の読む子と書いて読子。リードマンはR、E、A、D、M、A、N。読む人って意味です。あー。なんか読んでばっかりいる名前ですねぇ」

失笑にも似た笑いが、かすかに起こる。

「名前でわかると思いますが、私、ハーフなんです。お父さんがイギリス人で、お母さんが日本人。二人ともすっごく本が好きで、だからこんな名前つけたんだと思うんですけど。でもこんな名前つけられたら、本好きになるしかありませんよねぇ」

笑いが少しだけ増えた。読子はそれに気をよくしたのか、言葉を続ける。

「子供の時から、おもちゃもゲームも遊んだことなくて。もうずっと本本本ばっかり。いつのまにか、本なしじゃいられないカラダになっちゃいました。外出する時も、本持ってかないと落ち着かなくて」

読子はコートのポケットから、一冊の本を取り出した。おや、と思うほど大きく厚い、ハードカバーの本だ。

「ほら、今も。これ『退化する歴史』って本なんですけど、近代と中世の歴史学者の論文を比較してて。なかなか面白いですよぉ。歴史に興味がある人は、ちょっと読んでみてくださいね」

校長が上機嫌そうに頷く。教育熱心に見える姿勢が、心をうったのだろうか。

「……おもしろいと言えば、これも」

　読子は内ポケットから、また別の文庫本を取り出した。

「アクションノベルで、『イリノイ・ヒート』。こないだやっと翻訳版が出て。あ、私原書でも読んじゃってたんですけど。やっぱ出たら読んどかないとなー、って思って。訳者の人がいいんで、結構盛り上がっちゃいました」

　読子はまたもポケットに手をつっこみ、新たな本を引っ張りだした。

「その訳者さん、小説の評論家でもあるんですけど。その評論を集めたのがこの『読書王』。ちょっと名前負けって感じでしたね。だってジャンルが偏りすぎだし。映画のノベライズは全部ケナしてるし。それって偏見だと思いません？」

　問いかけに答える者はいなかった。読子もそれを予測していたのか、あるいは感想を喋るだけで満足しているのか、次の本の紹介に移る。

「映画っていえば、春休みに公開された『恋のＩＣＢＭ』。大コケしたヤツ。あれ、原作のマンガがあるんですよ。……これなんですけど。こっちのタイトルは『恋のＩＲＢＭ』なんです。やっぱり、ＩＲＢＭよりＩＣＢＭのほうがメジャーだと思ったんですかね？　映画会社の人」

　教師たちの顔が変わりつつあった。生徒たちも、次々に本を取り出す読子に普通でないものを感じたのか、近くの者どうしでヒソヒソと話し始めている。

　しかし読子は、ポケットから更なる本を取り出し、楽しそうに語っていく。

「どうせ映画にするなら、この『永遠に追いつけなくて』とかやってほしいですよね。少女マンガだと思って敬遠してる人いるけど、すっっっごい泣かせるんだから。あ、この原作書いてる薪沢うりさんが、別ペンネームで書いてるのがこの『ドトーの新婚生活』って本で、これベストセラーだから皆も知ってますか？　でもこっちの『結婚するサル』って本と読み比べてみると、共通点がいっぱいあって楽しいですよ。そうそう、サルっていったら、私この前安原ひさしのサイン会に行ってきて……この本なんですけど。サインの他に自画像まで描いてくれて。でもそれがほら、サルなんですよぉ！　……」

バサ、バサ、と台の上に本が積み上げられていく。

その冊数が増えるにつれて、朝礼に満ちた困惑の空気も高まっていった。

結局、読子の話は時間にして二七分に及んだ。紹介された本は三三冊。最後は半ば、男性教師が壇上から引っ張り下ろすような形になった。

生徒たちは、礼のかわりに拍手で彼女の退場を送ったのだった。

「なにあのセンセ？　本あんなにいっぱい持って歩く、フツー？」

「どっかおかしいよね、やっぱ」

風変わりな非常勤教師のおかげで、授業開始時刻は大幅に遅れていた。

ここ三年A組では、少しでもスピードをあげる気か、橋本教諭が黒板いっぱいに数式を書いている。

しかし生徒たちの間でコソコソとかわされているのは、もっぱらその朝の主役、読子の話題だった。

朝礼をサボった生徒に、クラスメイトが尾ひれをつけて、彼女のことを説明していく。

「ヒジョーキン？　アベちゃんのかわり？」

「朝礼で三〇分も喋ったんだよ、あの本がいい、この本がいいって」

「それでみんな、なかなか入って来んかったの？」

「……でもアレ、顔はちょっとよかったかも」

「おめ、あんなメガネがタイプ？　マジ？」

あの挨拶は、生徒への印象づけ、という意味では成功したようだ。その一点のみの成功だが。

本人を見ていない生徒も興味をそそられたのか、目撃者（？）に訊ねる。

「なんて名前？　そのセンセー」

「フザけた名前。えっと、たしか……」

橋本のチョークが止まった。問題を書き終えたのだ。振り返ると同時に、生徒たちがさっと机に顔を落とす。

「じゃあこの問題を、そうだな、すみ……」

「菫川、先生っ！」

橋本の語尾をかき消すような勢いで、教室のドアが開けられた。

そこには涙と鼻水で顔をくしゃくしゃにした女が立っている。手には『猫のいる街角で』の文庫本を持って。

話題の主、読子・リードマンだった。

「な、なんですか、先生……」

突然の来訪を受けて、驚きを隠せない橋本だったが、それでも比較的紳士な態度で読子に話しかける。

しかし読子は、そんな橋本には目もくれなかった。一同の視線を浴びながら、教壇へ直行する。

「私、感動しました！　感動しすぎました！」

興奮と感動と陶酔の入り混じった顔で、声高らかに続ける。

「前作の『天井裏からラブソング』もよかったけど、今回はずぅっとスゴいです！　ああったらもう！」

読子は、数学一筋で生きてきた橋本のスーツをつかみ、盛大な音をたてて鼻をかんだ。

「うがっ、ああっ！」

橋本が、今までに聞かせたことのない叫び声をあげる。それは娘が初任給で買ってくれた、思い出の品だったからだ。

そんな心あたたまる一品にべっとりとハナミズをつけておきながら、読子は再度生徒たちに向きなおった。

「サインください！　家宝にします！　くれるまでここを動きません！　さあおとなしく出てきてください、菫川先生！」

弁護しておくなら、普段の読子はこれほど非常識で不作法な性格ではない。ただ彼女は、興奮状態にあったのだ。おもしろい本を読んだ後という、彼女としてはきわめて危険な興奮状態に。

唖然と静まった教室の後ろから、女生徒が手をあげた。

「あのー……」

「はい？」

「ねねねは、図書室……」

「は？」

「締め切り前だから。ゲンコー書いてると思う」

「作家のセンセイだからね。お仕事忙しいんじゃないの？」

相槌をうつ生徒の声には、どこかからかうようなトーンが感じられたが、読子はそこまで聞いていなかった。

彼女はメガネの奥で瞳を光らせ、獲物を狙う獣のように、

「失礼します！」

教室を飛び出していった。

残された橋本のスーツから、ハナミズが床に落ちた。

「うふふふふぅ……」

読子は、図書室の扉の前に立っていた。

誰に教えられたわけではない。自分一人で、迷いもせずにここまでたどりついたのだ。

学校のどこにあろうと、読子は図書室を探しあてることができる。大量の本、そこから生まれる芳香が彼女を呼び寄せるのである。

ぺっとりと、頬を扉に当てる。

「この中に……」

表情にも声にも、熱が混ざり始めた。

「菫川先生が、いらっしゃるんですね……」

愛しそうに顔を上下させる。恋する少女のように、頬にピンクの色が差した。

「んっ……えほん」

姿勢を正し、咳払いをして声を整える。

「あー……吾輩は猫である。名前はまだない……」

発声練習などもしてみる。文学的なセリフで。

「おじゃま、しまーす……」

読子は静かに扉を開き、中に入った。

手前に貸出受付のカウンター、やや離れて読書用のテーブルとイス、そして部屋の奥には何列にも平行して置かれた本棚……。

授業中なので、人影はない。ただ窓から射す春の陽光が、空気を緩やかにかき混ぜているだけだ。

平均的な、高校の図書室だった。

「…………………んー……」

読子は、図書室の香りを存分に堪能した。

多種多様の紙からブレンドされた、味わい深い芳香。書店のそれとはまた違った美味なる空気だ。

「んー……んっ?」

嗅覚を満喫させていた読子の耳に、音が飛びこんできた。

旋律のように紡ぎ出される、美しくも規則的な断続音。ピアノの連弾にも似た、複雑に絡まり合うメロディー。

それは、本棚の奥から聞こえてきた。

棚どうしの向きが重なり、死角となる図書室の最深部から漏れている。

読子はふらふらと歩き出した。

森で迷った旅人が、妖精の奏でる笛に引き寄せられるように。

利用者も少ないのか、棚の本には薄く埃を被っているものも多い。

くわえて配置上、あまり陽光も当たらないとくれば、本棚の間は迷宮を連想させる。外の時間から隔離されている感すらあった。

図書室とは、たいていそういう場所なのだ。

一歩進むごとに、旋律のボリュームが上がっていく。つまりは、演奏者に近づいているということだが。

もう間違いない。目前の棚を曲がったところから、音は聞こえてきている。

読子は口に溜まっていた唾を飲み込んだ。高揚と緊張が、身体の中で均等に混ざっていた。

だがその時になって、メロディーが途切れた。

「えっ?」

思わず口に出した後、読子は慌てて棚を曲がる。

そこに彼女が、いた。


本棚の間に、凹の字形に置かれたテーブル。その上には付箋を挟んだ本が、何十冊も積み上げられている。

そして間を縫うように、ノートパソコンが計四台置かれていた。どれも稼働中らしく、それぞれの画面ではワープロソフトが立ち上がっている。

図書室の一角が、書斎として使用されていた。

その主たる少女が、中央のイスに座っている。天を仰ぐように両手をあげた後ろ姿だった。

栗色の後ろ髪が、外側に向かって元気よく跳ねている。著者近影と同じヘアスタイルだ。

「すみっ……」

読子は、その後ろ姿に声をかけた。

「菫川、先生っ！」

「……………」

後ろ姿は、沈黙で返答した。

「菫川、先生……？」

読子の言葉が、わずかに疑問形になる。

「………………」

両手の指が、わき、と動いた。微妙な動きだったので、読子はそれに気づかなかった。

図書室の空気が、ぞぞぞと変質した。それまで穏やかだった雰囲気が、テーブルの少女のほうから急速に温度を落としていく。

読子はわずかに声を大きくして、三度目の声を投げかけた。

「菫川、ねねね、先生っ！」

「うおおおっ！」

ねねねと呼ばれた少女は、大声をあげて立ち上がる。その勢いに、車輪つきのイスが突き押されて下がった。

読子がびく！　と身を縮ませる。

「書け――――――ん！」

ねねねはわしゃわしゃと、自分の頭を掻きむしった。細い髪の毛がちりぢりに荒らされ、爆風を受けたように乱れる。

「せ……先生?」

音すら聞こえそうな勢いでねねねが振り返り、初めて読子のほうを見た。

「あうっ……」

その姿に、読子はついついポケットから『猫のいる街角で』を取り出し、著者近影と見比べてしまった。

大きな瞳は充血し、ヘアスタイルは乱雑に乱れている。制服の胸元は第一ボタンが外れているが、そこから漂うのは色気よりむしろ濃厚な〝疲れ〟である。口もとは笑みなどを浮かべる余裕もなく、ぜぇぜぇと興奮した息を排気するばかりだ。

一つ一つのパーツは確かに同じだが、かもし出される空気は正反対のものだった。

「菫川……ねねね……先生……ですよね?」

読子はおそるおそる切り出す。

「お——っ!」

否定にも肯定にも取れない叫びを発して、ねねねが突進してきた。たちまち距離を詰められ、読子がおたおたと後ろに下がる。

「マデュセイアの剣が! ドーリッドを庇ったファルシスを斬っちゃうのよ! あんたならどーする!?」

「菫川ねねね」
東京都出身。13歳で『君が僕を
知ってる』を執筆、デビュー。現
在は都内の高校に通い
作家活
に励んでいる。最近
の守りかたを忘

「えっ？　えっ？　えっ？」

読子はずいずいと迫るねねねに圧倒され、背面の本棚に押しつけられた。

ねねねのほうが顔半分ほど低いのだが、鬼気迫る表情は抵抗を許さない。

「妹を殺しちゃったのよ！　どうする！　さあどうする！」

「……それ、『グレンダードの道化たち』のことですか？」

ねねねが口にした名前は、彼女の執筆しているファンタジー小説に出てくるキャラクターのものだった。当然読子も読んでいる。

「って……ええっ！　ファルシス死んじゃうんですかっ⁉」

「そうよ！　ミルドウッドの秘薬が剣を暴走させて！　マデュセイアが殺しちゃうの！」

「やっ、ヤメてくださいっ！　先読む楽しみがなくなっちゃう！」

読子は手で耳を塞ぎ、頭を振って抵抗する。

「小さい頃からつかず離れず！　ずうっと一緒だった妹を殺すの！　さあっ、どうだっ！　どんな気になる！」

「わーわー聞こえませんにゃーにゃーにゃー！」

耳を塞いだまま、読子はその場にうずくまった。先が楽しみな物語は、自分自身が本で読んでこそ堪能できるというもの。いくら作者本人からとはいえ、展開を知らされては嬉しいはずがない。

しかしその姿を見て、ねねねの目の色が変わる。

「！　……そう……そうよっ」

「は？」

「マデュセイアは悔やむの！　妹を殺した自分に絶望するの！　耳を塞ぎ、目を潰し、暗黒と静寂の世界に自分を落としこむの！」

声が興奮色に染まっている。どうやら煮詰まっていた展開に、突破口を見つけたようだ。

「せっ、先生っ！　じゃあ、バクスは誰が倒すんですか！　マデュセイアがそんなコトになっちゃったら！」

主人公を危機に陥れるのは、この種の娯楽作品としては欠かせない要素だが、クライマックスを前にして、この逆境は大きすぎる。

ねねねは、読子のそんな心配を塵のように吹き飛ばした。

「考えて、ないっ！」

自信あふれる断言に、読子がメガネの下で目を丸くする。

「うっしゃぁっ！　これでイケる！」

「イッていいんですか、先生っ！」

ねねねはたちまち身を翻してイスに座り直し、ノートパソコンのキーボードに指を置いた。

奇妙なことに、左右それぞれ別のノートに。

「ふうっ……」

小さく息を吸いこむと、次の瞬間、猛烈な勢いでキーを叩き始める。

「だらぁぁぁっ！」

狭いキーボードの上で、指が踊った。指先を視認できないほどの速度で舞い、疾り、画面に文章を紡ぎあげていく。驚くべきことに、それぞれに異なる文章を。

先刻まで聞こえていたのは、このキーを打つ音だったのだ。

しかし先までのそれが旋律とするならば、今のそれは機関銃の乱射音にも似ていた。それだけの迫力と勢いがある。

「ふわっ……」

結局、肯定の言葉は取れなかったが、読子は彼女がねねねであることをなによりも思い知らされたのだった。

決して大きいとは言えない身体が、何倍にも感じられる。エンジンが燃焼しているかのような威圧感があった。

これが、執筆中の作家というものなのだ。

一方のねねねはそんな読子の感動など毛の先ほどにも感じず、ひたすらにキーを叩き続けている。

時折イスをスライドさせ、ノートからノートに移り、計四つの原稿を同時に仕上げているのだ。どのような頭の構造になっているのか、窺い知ることもできない。

憧憬に溺れていた読子は、はっ、と自分の目的を思い出した。

「菫川、先生っ！」

幾度目になるのだろうか、呼びかけてみる。

しかし静かな図書室に響く打鍵の音は、読子の声すらかき消した。

「菫川、先生ぃっ！」

近寄り、一レベル声を大きくする。それでも彼女は振り向かない。

「先生っ、あのっ！」

真後ろに立ち、肩に手でもかけようかと動いた読子に、突然ねねねが向き直った。

「せいやぁっ！」

見事なちょっぷが、読子の額に振り下ろされる。

「あうん」

髪の分け目に急襲をくらい、読子がくら、とよろめく。痛みより驚きのほうが大きいのだが。

その場にへたへたと座りこんだ読子を、ねねねが一喝した。

「ジャマするなぁっ！」

「す、すみませぇん……」

読子は頭を押さえて、思わずその場に正座した。叱責は彼女を萎縮させるに十分だった。

「……ふんっ！」

執筆を再開したねねねの後ろで、ひょこひょこと首を動かして画面を覗き見る。

ストーリーの先を知るのは嫌だが、なにを書いているのかは興味があるようだ。複雑なファン心理だろう。

それを知っているわけもないのだが、ねねねはイスを転がして左右に動き、原稿を書いていく。あたかも視線から文面を隠すように。

そしてその後ろから、読子がなんとか画面を見ようと上半身を動かす。

第三者が見ると、バスケットボールのオフェンスとディフェンスに似ていた。

二人は無言で、しばらくそんな動きを続けていた。


「終わっ……たぁあっ！」

最後の原稿をネットで編集部に送信し、ねねねは快哉をあげた。

本日の締め切り四本、どうにかまにあった。

いつもならここまでスケジュールぎりぎりになることはないのだが、今回ばかりは思わぬ妨害が入ったのだ。

……真剣に、誰かに相談したほうがいいかもしれない。

気が緩んだのか、大きなあくびが口をついて出た。無理もない。ここ数日はロクに寝てないし、貴重な睡眠時間にもしばしばジャマが入ってくるのだ。

腕時計を見ると、もう午後四時をまわっていた。

とにかく、帰ろう。帰って寝て、それから考えよう。

ねねねはイスから立ちあがり、後ろを振り向いた。

「うひゃっ！」

そこには、まだ正座している読子がいた。

「お疲れさまでした、菫川先生」

なんとも平和な表情で、ねねねに話しかけてくる。

「……あんた、誰？」

あれだけ騒いでおいて記憶にないのか、今さらながらねねねが不審そうな顔をつくる。

しかし読子は、ようやく彼女からまともな対応が返ってきて嬉しいのか、顔を輝かせて答えた。

「読子・リードマンです」

「りぃどまん？」

聞き慣れない名字に、ねねねが復唱する。

「父がイギリス、母が日本で私、ハーフなんです。今日からここで、世界史の非常勤教師になりました」

「世界史のセンセ？　アベちゃんは……あ、産休か」

「はい。ふつつか者ですが、よろしくお願いします」

読子は三つ指をついて、深々と頭を下げる。

「……で、その世界史のセンセが、ここでなにしてんの？」

本当に読子とのやりとりを忘れているようだ。締め切りを直前にして、相当に頭のほうも混乱していたのだろう。

「はいっ！　それなんですっ！」

読子の声のトーンが、一レベル上がった。

「実は、あのっ！　私、菫川先生に用があってきたんです」

読子の顔が明るくなるのに反して、ねねねの眉がしかめられた。

「……ひょっとして、あんた？　最近しつこいのは？」

「は？」

ねねねはテーブルに散らかした資料の中から、一枚の封筒を取り出し、読子に向けて突きつけた。

白一色の、なんの個性もない封筒だ。切手も消印も、住所すら記されていない。何者かが直接ポストに投函したものらしい。

読子はしげしげとそれを見つめた後、手にとって中身を抜き出し、文面を見た。

罫線も引かれていない紙が一枚、入っていた。

その中央にはたった一行の文章。

『もうすぐ迎えに行く。僕のポール・Sへ』

ワープロで打たれた文字だ。味も素っ気も、個性も人間味も皆無な手紙だった。

「なんでしょうか、これ？」

「昨日、ウチのポストに入ってたの。あんたじゃないの？」

「いいえ」

ご丁寧にも読子は首をぶんぶんと振って答える。

ねねねはより不機嫌そうな顔を作った。

「最近多いの。無言電話もやたらとかかってくるし、外出たら誰か尾行してる気もするし。おかげで、ぜんっぜん執筆が進まなかったの！」

「あの、警察に届けたほうがいいのでは……？」

「届けたわよっ！　あたしの税金ぶんは働けっ！」したら『パトロールを強化します』って言ったきり！　なにそのナマヌルい対応はっ！　あたしの税金ぶんは働けっ！」

喋っているうちに興奮してきたのか、ねねねは室内をうろうろと歩き始めた。

「あげくのハテがこの手紙！　だいたい誰がポール？　私はねねねっ！　ひと呼んで菫川ねねね！」

ぐい、と親指で胸をさして宣言する。ともすれば不遜な態度だが、ねねねがすると妙に似合って見える。無論、その裏に強い自我とプライドがあるからこそ、だろうが。

「知ってます。一三歳の時、『君が僕を知ってる』でデビューして、今や初版五〇万部を売り切るジュニアノベル界の超売れっ子作家！　好きな食べ物はレアチーズケーキで、お風呂では右足から洗うんですよねっ！」

ついつい盛り上がり、読子の声も熱を帯びてくる。

「……よく知ってんじゃない」

「はいっ！　大ファンですから！」

褒められた子犬のような笑顔になった読子は、改めてポケットから『猫のいる街角で』の文庫本を取り出した。

「私、ずうっとずうっと、先生の本大好きなんです！　さっきもこれ読んでハナミズ出るほど感動しました！」

「……同じ出すなら涙にしてよ」

怪訝な顔のねねねに、読子がずいっと本を突き出す。正座したままで。

「あの……お願いです！　サインしてください！　先生にサインもらうの、もうずっと前からの夢だったんです！」

ねねねの見下ろす視線の温度が、わずかに下がった。

「ファンなら、私がサインとかしないの、知ってるでしょ？」

そうなのである。ねねねはデビュー以来、一度もサイン会などのイベントを開いたことがない。このクラスの作家にしては珍しいことだ。

「はいっ！　でもそう言われると、余計に欲しいっていうか」

「迷惑なのっ！」

「はい？」

読子の言葉を、ねねねは意外なほどの大声でうち消した。

「ファン？　私はアイドルでもタレントでもないわ。小説家よっ。私が書いた物語をあなたが読んで感動する、そこまではいいでしょ。でもどうして、サインなんかほしがる必要があるの？　サインなんて、ただの名前じゃないの」

「え？　でも、それは……」

「私は自分の全部を作品につぎ込んでる。興味を持つんだったら私じゃなく、私の本だけにして」

　人気作家のもとには、時折妄想をふくらませた〝イタイ〟ファンから手紙や〝プレゼント〟が送られてくることがある。ねねねクラスの作家になれば、その比率もぐんと多くなっているのだろう。このような目にあうのも初めてではないに違いない。

「作家と作品は別モノなのっ。作品以外のものを求められても、迷惑なだけ！」

　ねねねは、読子に渡した手紙を指さした。

「そいつも同じ。モーソーがボーソーしちゃったいいサンプルよ」

　強い口調のねねねに、読子がぽつりとした言葉で答える。

「……そうでしょうか……」

「はん？」

　読子は本と手紙を重ね、視線を落とした。

「私、……先生の本読んで、本当に感動したんです。こんな素敵な話書く人って、どんな人だろうって思ったんです」

「…………」

思いがけない真面目な口調に、ねねねの熱気がやや緩む。

「……私以外の人も、同じだと思うんです。だって、好きな人のことって、知りたくなるでしょう?」

「好き? 私のことが? 今初めて会ったばかりなのに?」

「はい。だって、ずっと読んできましたから」

読子の口調には迷いがない。子供のように裏表のない言葉だった。

「……だからそれは、私じゃなくて、私の本でしょ」

「同じです。だって、全部をつぎこんでるって言ったじゃないですか」

「…………………」

読子は『猫のいる街角で』のページをパラパラとめくっていく。優しく、愛おしむように丁寧な指運びで。

「先生が、どれだけ作品にうちこんでいるかは、紙が教えてくれました」

そして読子はねねねを見つめた。まっすぐに、無防備な笑顔で。

「私はずっと、あなたが大好きです」

奇妙な沈黙が落ちた。それがなんの微粒子を含んでいるのかは、まだ二人にもわからないものだったが。

ともすれば恋の告白ともとれるような言葉をぶつけられ、ねねねが戸惑ったような、怒ったような顔になる。読子は静かに、封筒を差し返した。

「この人だって、きっとそうです。だから、ちゃんと話せば……」

しかしねねねは、手紙を叩いて払い落とした。それはひらひらと舞い、二人の間の床に落ちていった。

「あ……」

「なんだかんだ言って、こいつが今私をジャマしてることにはかわりないの」

ねねねの口調は、もとのそれに戻っていた。

「でも……」

さらなる言葉を続けようとする読子を、遮る。

「こいつのおかげで、私は睡眠不足になって締め切り四つも重なっちゃって、ウチじゃシゴトになんないからこうして図書室でゲンコー書くことになったの。わかる？」

「はあ……」

「こいつが私になに望んでるかは知んないけど、私がこいつに望んでるのはただ一つ。これ以上、ジャマすんな！　そんだけ！」

再度、沈黙がその場に落ちる。それは、先ほどとは明らかに異なるものだった。

「リードマン、先生！」

沈黙は、第三者の声にかきまぜられた。

本棚の角から、ジャージ姿の男性教師が姿を現している。体育担当の楡だ。

「なにしてたんですかっ！　授業はっ！」

言われてはたと気がついた。七時間近く正座して、ひたすらねねねの原稿が終わるのを待っていた読子は、当然ながら担当すべき世界史の授業をブッちぎってしまったのだ。赴任初日としては、これ以上ないぐらいの不手際である。

「あっ……」

さしもの読子も、顔を青くした。

「すっ、すいません！　今すぐ……」

立ち上がりかけた読子は、そのまま前のめりに倒れてしまった。

「ひでぶっ！」

長時間正座していたせいで、読子の足は完全にシビれていた。

「……授業はとっくに終わってますよ。皆部活か、帰宅です」

冷ややかな声が、読子の上にふりかかる。

「あーうー……あうー……」

読子は意味不明の泣き声をあげ、みっともなく上半身をばたばたと動かすのだった。

「…………………バカ……」

そしてねねねは、そんな読子を見て呆れた声をあげるのだった。

「菫川、先生っ！」

図書室をもとどおりに片づけて、疲れた足取りで校門に向かうねねねに、声がかけられた。

奇妙にも思えたが、振り向く前に誰かがわかった。

「待ってください、菫川先生っ！」

図書室のあの女だ。名前は確か……ヨミコだった。ふざけた名前だ。自分もあまり人のことは言えないが。

読子はカラカラと、小ぶりのスーツケースを後ろ手に引っ張りながら、ねねねに追いついてきた。

「……セッキョーはすんだの？」

「……はい。ご心配おかけしました」

息を整えつつも、ぺこりと礼をする。どちらが教師でどちらが生徒なのかわからない。

「別に心配してないって」

冷たく言ったつもりだったが、読子はにこにこと笑いながらねねねを見つめてくる。

「……で、なに？」

「あの、これからですね、家庭訪問をしたいと思いまして」

「家庭訪問ん？　ウチにぃ？」

読子の唐突な提案に、ねねねはつい大声をあげてしまった。

「はい」

「なんでっ！　あなた、非常勤教師でしょっ！　担任でもないのにっ」

「それはそうなんですが……」

ここで読子は、窺うように辺りを見回し、声をひそめる。

「……実は、先生を守ってさしあげたいと思いまして」

「守る？」

「はい。あの、手紙を出した人から」

「なにそれ？　いいわよっ、明日にでもボディガード雇うからっ」

女子高生であるねねねから、ボディガードという単語が出ると妙な感じだ。

「でもそれじゃあ、今夜とか襲われたら危険じゃないですか」

「だからって、あんたがいてもしょーがないでしょ」

「先生、私、こう見えてもちょっと強いんですよ」

拳を作って胸を叩く。予想外に豊かなバストの上で、ぽす、と音がした。

「…………………」

ねねねは無言で、読子の顔に手をのばす。

「はい？」

両頬をつまみ、左右にびびっと引っ張った。

「ひっ！　ひゅ、ひゅみれはら、へんへっ！」

「うわ。すっごい伸びる」

常人の倍はあろうかという伸び具合に、ねねねも驚嘆の声をあげる。

「ひゃめれくらはいっ、ひゃめれ……」

ねねねは、しばらくぐにぐにと弄んだ後、指を離した。

「ひひーん……」

頬を赤くして読子が泣き声をあげる。メガネの下の瞳には、うっすらと涙も浮かんでいた。

「どーこが強いのよ。ほっぺたつまれてもう半泣きじゃない」

「い、今のは不意打ちじゃないですかぁ。そんなの、ズルっこです」

「あ」

ねねねは読子の背中ごしに視線を向けた。

「え？」

思わず読子が背後を振り向く。

「とお」

すかさず、ねねねが無防備な背中に軽い蹴りを入れる。

「たわばっ！」

読子が盛大に倒れる。両手をあげて、バンザイをするように。

「スキだらけじゃない。私守るより、自分の心配しなさいよ。通信教育で合気道でも習ったら？」

しゃがみ直した読子が、顔の土を払い落としながらひんひんと抗議する。まだ頬も赤いままだ。

「……私、ホンバンじゃないと実力が発揮できないんですぅ……」

完全に教師と生徒の力関係が逆転している二人に、下校する女生徒が声をかけていく。

「なーに、菫川。センセとコントでもやってんの？」

「いよいよお笑いにテンコー？　ゲーノーカイデビュー？」

ねねねのクラスメイト、河原崎のりと三島晴美だ。

軽口ではあったが、どこかに皮肉の微粒子も混じっている感がある。それが意識してか、無意識からなのかはわからないが。

「このセンセがカラんでくるだけっ！　私はとっとと帰って寝たいんだからっ！」

「ゴクローサマ。あたしら、これから合コンだから」

「合コン？」

ストレートな単語に、ねねねが思わず聞き返す。

「そ。北沢が西中のコたちと仲良くなったん」

「中ボー？　いつからそんなシュミになったの？」

「いいじゃん、タマには。菫川もガッコとショーセツばっかしてないで、ちょっとは遊びなよ」

「そそ。取り残されちゃうよ。ハヤリに」

「ファンのコに声かけるってのはどぉ？」

「ダメダメ。菫川のファンって、ほとんどオンナじゃん」

「いやでも、そっちのほーで新しい発見が……」

顔を見合わせて、きゃらきゃらと笑う。しかし当のねねねのほうは、笑うでも怒るでもない、静かな顔のままだ。

「あの……」

コートの土をぱんぱんと払って、読子が立ち上がった。

「合コンというものも、楽しいと思いますが」

「はい?」

二人は、教師どころかほとんど人間としてさえ意識していなかった読子が、突然会話に参加してきたのが意外なようだった。

「本を読んでみるというのも、どうでしょうか?」

「本ん?」

それがなんなのか知らないとでも言わんばかりに、怪訝な顔を作る。

「はい」

読子は、コートの内側から一冊の文庫本を取り出した。ジュニアノベルだ。

「この『ラジオ・ガール』とか、気軽に読めておもしろいですよ。深夜放送にハガキを出してる女の子のリスナーを好きになっちゃう男の子の話で……」

その説明が終わらないうちに、もう一方の手は次の本を取り出している。手品師のように鮮やかな仕草だった。

「……あ、あとこの『キスをかえして』。こっちの主人公は子供の時、ファーストキスをした男の子を探す女の子。手がかりは昔の写真だけなんだけど、最後に意外な結末が……」

女生徒たちは、顔を見合わせて読子の説明を聞き流している。朝礼の悪夢（?）が脳裏に蘇っているのだ。

「……でもでも、ジュヴナイルならやっぱりオススメは、菫川先生のデビュー作、『君が僕を知ってる』」

「！」

自分の本を取り出されて、ねねねがわずかに身を固くした。

「あ、でも友達ならもう読んでるかな……？」

「やめてよっ！」

今度は読子が身を固くする番だった。ねねねの大声に、つい本を取り落としそうになる。

「……えっ？」

空気が止まった。ただし、二人だけの空気が。

女生徒たちにとっては、それは絶好のチャンスだった。

「あー……じゃ、あたしら、時間オシてっから……」

「またね、菫川」

通りがかった時とは反対で、気まずげに足を速めて歩き去っていく。

後には、読子とねねねだけが残った。

「菫川、先生……？」

「ハズカシイでしょっ！　人前で私の本、出さないでよっ」

「すみません……でも……」

「でもなによっ」

「……本屋に行くと、先生の本いっぱいあるんですが……」

「本屋さんはいいのっ！　知り合いの前で出されるのがイヤなのよっ」

剣幕に押されつつも、読子は訊（たず）ねずにはいられない。

「……どうして、でしょうか？」

「…………………」

ねねねは答えず、身を翻（ひるがえ）して歩き去ろうとする。

「……あの、先生……」

読子はカラカラとスーツケースを引っ張り、その背を追った。

「ついてくるなっ！　帰れっ！」

「でもぉ……」


「はー……ここが、先生のマンションですかぁ……」

読子は目前にそびえる、高級マンションを仰（あお）ぎ見た。その声には、少なからず感嘆がこめられている。

「まったく、しつこいったら……」

　結局、読子はねねねから離れようとしなかった。

　ねねねはタクシーを拾って置き去りにしようとしたが、読子がケースを引きずりつつも「セ――ンセ――イ！」と追いかけてきたため、音を上げたのだ。タクシードライバーも、髪を振り乱し、コートを翻して女が走ってきては、運転しにくいことこのうえない。

　ねねねにしても、追ってきた読子がバックミラーの中で一度ならずコケる光景を見ては、見捨てていくわけにもいかなかった。世話のやける従姉妹でも持った気分だ。

　ぶつくさ言いながらも、ねねねは一階フロアーの入口に設置されたボードに指をのばす。数字のキーを押し、コードを打ち込むと、フロアーに通じるドアのロックが外れる音が聞こえた。

「はいはいここでサヨナラ。私はもう寝るんだからっ」

　ひらひらと手を振って、ねねねがドアの向こうに入ろうとする。

「……先生、あのー……」

「なによ」

　読子が、ずらりと並んだポストを指さす。無論、このマンションの住人用だ。そういえば、疲れのあまり郵便物をチェックするのを忘れていた。

　大きさの割りに部屋数が少ないため、ポストは一〇〇を越える程度の数しかない。

　その中で、ねねねのポストは、初めてここを訪れた読子が一目でわかるほど目立っていた。別に装飾を施しているわけでもないのに。

ポストは、その存在理由を最大限に発揮していた。

平たく狭い口に、郵便物が限界まで詰めこまれていたのだ。

「……なに？」

「お手紙とか、お荷物じゃないでしょうか？」

読子がのんきな声をあげる。しかしねねねは反対に、声色を固くした。

「……一日に、こんなにくるワケないでしょ。朝はカラッポだったんだから……」

ねねねは今朝、通学する前にポストの中を確認している。その時は、チラシの一枚も入ってなかった。

仕事上、小説やエッセイの掲載誌が送られてくる日もあるが、ポストが満杯になるほど重なることはない。

ねねねは読子のもとに戻り、ポストのダイヤルを回して蓋を開けた。

「！」

二人の足下に、バサバサと紙が落ちてきた。その瞬間を待っていたかのように、滝のような勢いで。グレイのタイルで覆われていた床は、たちまち白く塗り替えられる。

「あら、まあ……」

読子がその中の一枚を拾いあげる。ねねねは無言で、立ちつくしたままだった。

よくよく見ると、それは紙片ではなく、封筒だった。なんの文字も飾りも色も無いため、白紙と見誤ったのだ。

「……開けても、いいでしょうか？」

ねねねの顔の前に、読子が封筒を出す。ねねねは言葉の無いままに、頷(うなず)いた。

「失礼します」

読子は封筒裏を指先でなぞっていく。なにげない動きだったが、まるでペーパーナイフを入れたように糊綴(のりと)じ部分が開いた。

中から取り出されたのは、四つ折りにされた白い紙だった。

便箋(びんせん)ではない、ありふれた白紙だ。読子はゆっくりとそれを開いた。横から、ねねねも視線を落とす。

予想どおりの文章が、そこには書かれていた。

『もうすぐ迎えに行く。僕のポール・Sへ』

ねねねの眉(まゆ)が、わずかに中央に寄った。

読子が身を屈(かが)め、封筒を何枚か拾い、同様に中から紙を取り出す。

『逃げられないよ、僕のポール・S』

『待っておくれ、僕のポール・S』

『僕は君を知っている。ポール・Sへ』

多少の違いこそあれど、同一人物の出したものであることは明らかだった。

いや、郵便として出したわけではないだろう。直接、このポストに投函(とうかん)したのだ。

「……ん？」

読子はそこで、ねねねがずっと立ちつくしたままであることに気づく。

「…………………………」

疲れていたねねねだったが、今の顔にはそれより濃い緊張が浮かんでいた。

図書室でも帰り道でも見せなかった、弱々しい色が見えた。

読子はそっと、下からねねねの手を握る。ねねねはぴくんと硬直したように驚き、読子を見下ろしてきた。

読子は顔いっぱいを使って大きな笑みを作った。あいかわらずにへら、としか形容のできない笑顔だったが。

「ご安心ください、先生。私がついてます」

「……別に、不安なんてないっ」

ねねねは、手を軽く振って読子のそれを払った。

声には、聞き慣れたトーンが戻っていた。


「うわぁ……広いですねぇ、大きいですねぇ……」

一六〇二号。ねねねの部屋に入った読子が、最初に漏(も)らした感想がそれだった。

幾(いく)つものドアを壁に眺めながら長い廊下(ろうか)を進み、その果てに見たのは教室ほどもあろうかというリビングルーム。視線を横に飛ばすとダイニングキッチンも目に入った。

大きな窓の外はベランダで、観葉植物の鉢(はち)が幾つか並んでいる。

　読子の感想はシンプルだったが、的確に部屋の様子を捉えていた。

　この部屋は、広くて大きい。だが、それだけなのだ。

　人の生活している雰囲気が稀薄なのである。

「テキトーに、座って」

　ねねねは投げやりに言うと、背負っていたバックパックを下ろした。中にはノートパソコンが一台入っている。

「はぁ、失礼します……」

　読子はリビングの中央に置かれたソファーにもたれかかる。背もたれに身体を預けると、ずぶずぶと沈みそうになり、慌てて身を起こす。

「コート脱がないの？　シワになるよ」

「おかまいなく……」

　部屋の中でコート姿、というのも風変わりだが、別に強要して脱がせることもないので、ねねねはそれ以上言葉を重ねなかった。

「私、着替えてくるから。ちょっと待ってて」

　そう言い残し、ねねねは廊下に消えた。

「ごゆっくり……」

　その背を見送った後、読子は改めて部屋の中を見回す。

　憧れの作家の家を訪ねているのである。ファンとしては当然興奮するべき事態だったが、なんとはなしの違和感がそれを抑えこんでいる。

「…………」

読子はソファーから立ち上がり、キッチンに向かった。

失礼にも、冷蔵庫を開ける。ミネラルウォーターとニアウォーターのペットボトルが何本か入っていた。

少し奥を覗くと、隠しているわけではないだろうがビールの缶が見つかった。

いわゆる食料品の類は見あたらなかった。

食器棚には、コップが幾つか置かれているぐらいだ。

「んー……」

読子はリビングに戻り、うろうろとその辺りを観察していく。

壁の巨大なプロジェクターにビデオ、ＤＶＤといったＡＶ機器。テーブルにはエアコンなどのリモコンが乗っている。

モデルルームのような部屋だ。小綺麗で清潔だが、生活の匂いが少ない。

そんな部屋の中に、読子はわずかながら居住者たちのアイテムを発見した。飾り棚の上に、写真の入ったスタンドが置いてあったのだ。

「あらま」

それは、菫川家の家族写真だった。まだ小学生だろうか、それでも元気に後ろ髪をハネさせた幼いねねねが、父親とおぼしき男性、母親らしい女性の間で、両手をつないで笑っている。

幼児らしい、無邪気な笑みだった。

しげしげと、何点か似た写真を見ているうちに、読子はあることに気がついた。

この家族写真は、大きく二つに分けられた。それは、ねねねを中心に家族三人で写っているものと、ねねねを除いた二人で写っているものである。ねねねが父だけ、母だけと写っているものは一枚もない。

だが、その二人で写っているほうの写真は……明らかに、女性が違うのだ。父の横には、ねねねとの写真に見られない別人の女性が寄り添っていた。

「…………………」

後妻(ごさい)、だろうか？　二種類の家族写真は、間違い探しのように棚を彩(いろど)っていた。

「なにしてんの？」

廊下(ろうか)から、ねねねが戻ってきた。

ベージュのセーターにモスグリーンのプリーツスカート。リラックスするには適度な恰好(かっこう)なのだろう。

「いえ……あの、ご両親は、まだお仕事ですか、やっぱり？」

「仕事は仕事だろーけどね」

「何時ぐらいに、お戻りですか？　一応ごアイサツを」

「いつ帰ってくるかなんかわかんない。年末ぐらいじゃない？」

「はぁっ？」

ねねねがソファーに身体を預ける。健康的な脚を投げ出すように座り、大きく息を吐く。仕事の疲れが残り香となって宙に漂った。

「二年前から、アメリカに赴任してる。父さんも、義母さんも」

義母さん、というニュアンスに、微妙なものがこめられていた。

「むこーで、コンピュータの開発やってる。むこーの企業に雇われて」

淡々とした口調が、却って溝を感じさせた。

「じゃあ……一人暮らし、なんですか？」

「高校、こっちのに通いたかったから。仕事もあるし」

仕事、とは無論執筆のことだろう。

「それは……インタビューにも載ってませんでしたね」

ねねねの対面に座りながら、読子が話す。

「答えないから。なんか、鬱陶しいし」

「はぁ……でも、寂しくありませんか？」

「そーいうふうに思われるのが、鬱陶しいっての」

ねねねは機嫌を損ねたように、口を尖らせる。本心からではなく、半分ポーズもあるだろうが。

「小説やマンガ、読んでんでしょ？　私らみたいなトシは、一人暮らしイコール天国。門限もない、小言もない、気ぃつかわなくていいし。遊び放題じゃない」

「でもあの、家族の団らんとか」

突然投げかけられた単語に、ねねねは不意をつかれた顔を見せる。

「団らん？　そんなの、イマドキあると思ってんの？」

「無いんですか？　おとーさんがちゃぶ台ひっくり返したりとか、おかーさんとTV見てたら……キ、キスシーンとか映って気マズくなったりとか」

どういう知識か、あるいは先入観なのか。読子のあげる一例も団らんの定義からは大きく離れている。

「……あんたね、トシ幾つ？」

「二五歳です」

年齢の話題を嫌がる女性も多いが、読子はあっさりと答えた。

「にしても、もーちょっと世間のコト知っといたほうがいいよ。ふっるいマンガじゃないんだから。TVとか、見ないの？」

「うち、TV無いんです」

これにはねねねのほうが驚かされた。

「どーしてっ！」

「うちにいる時はずーっと本読んでますから、別にいらないやって……」

「じゃあどーすんの、ハヤリの服とか、スポットとか、イベントとかどーやって知るの？……あ、雑誌で？」

「ええ、まあ、そういうのも時々読むんですけど、なんか頭に入りにくくて。やっぱり、活字のほうが好きなもので。……あ、でも、私服はず――っとコレだし、外出たら本屋と古本屋しか行かないし、イベントは古書市ぐらいしか興味ないんで、なくても全然平気なんです」

「ずーっとコレって、着たきりなのっ⁉　そのコート⁉」

「いえ、一応コートもシャツもネクタイもスカートも、何着かずつは……同じデザインなんで、よく間違われるんですけど」

「どーしてっ？　おしゃれしたいとか思わないの⁉」

「思いません」

「思いなさいよっ！　女の子なんだからっ！」

「オンナノコ……ですか？」

言葉の勢いだろうが、ねねねの言葉に、読子の頰が緩んだ。

「そう言われたの、なんか久しぶりですぅ……」

にやにやと、だらしないほどに顔が崩れる。どんな記憶が蘇っているのかは不明だが。

「今の言葉、削除。子じゃなくて、『一応、女』」

ねねねの冷徹な修正に、読子が落胆の声をあげる。

「……あの、一応じゃなくて、私、結構完璧に女なんですけど……」

おそらくは性別上の意味合いなのだろう。

漂う漫才色の空気に、ねねねがえほんと咳払いした。

「まあ、いいの。ンなことは。要するにね、問題はあいつなのよ」

「あ、はい」

ねねねの言葉に、読子がコートのポケットから紙束を取り出した。下のポストに突っ込まれていた封筒だ。一応、全部拾って持ってきた。ねねねがなんだかんだ言いつつも、読子を部屋に上げたのは、これが気になったからである。

長方形のテーブルは、白い封筒で覆われた。他の者が見れば、無地のトランプで神経衰弱でもやっているのかと思うだろう。

「全部で二一九通、ありました。みんな同じ封筒です」

イタズラにしても尋常な数字ではない。ねねねは改めて、言いようのない悪寒を覚えた。

「どこのバカ……まったく……ホント、ケーサツ呼ぼうか」

「それで犯人を捕まえるのは、ちょっと難しいかもしれませんね。この人、手紙出してるだけですから」

読子がのほほんとした口調で、冷静な言葉を口にする。

「言ってくれるじゃない。じゃあ、どうすればいいっての?」

「なにもしなくていいです」

「えっ?」

読子の意外な答えは、ねねねを戸惑わせた。

「菫川先生は、なにもしなくて結構です。私が、やりますから」

「やるって、なにを?」

読子は手紙をつまみ、にへら、と笑う。

「この人を捕まえて、あまり先生に迷惑をかけないようにお願いします」

実にあっさりとしたセリフだった。シンプルすぎて、ねねねはその内容を一瞬咀嚼しなければならなかった。

「あのね。図書室でも言ったけど、コイツ、モーソーがボーソーしてるイジョー者よ」

「んー、だから、説得して目をさましてあげないと」

「説得が通用するの?　このテの連中は、思いこみ激しいよ」

ねねねにしてみれば、こういった騒ぎは初めてではない。

一三歳でデビューして以来、現役の学生作家という肩書きが人目についたこともあって、多くのファンを得ることができた。つまりは、妙なファンの数も他の作家に比べて多いということである。

ねねねには、週で一〇〇通を越えるファンレターが届く。大概は本の感想とか、自分の近況などが書かれた普通のファンレターだが、そこから逸脱している者ももちろんいる。

A4用紙にワープロでびっしりと文字を書いてくる者。それが文章ならまだいいが、どこぞの世界の呪文とか太古の兵器を起動させるキーワードだというから質が悪い。そもそもそれを、ねねねに報せてどうしろというのか。

脅迫文が届いたこともある。その差出人曰く、ねねねの書いてる小説は、自分がこれから書くはずだったもので、ねねねは頭の中を盗聴して内容を盗み、自分の小説として発表している、ということだ。

「直ちに執筆を中断しないと、告訴も考えます」

との文面を見た時は、怒るより笑ってしまった。

近未来を舞台にした小説を書いた時は、まだ生まれていないはずの人物から編集部に電話があった。担当が「今どこからかけてるんですか？」と聞いたら「阿佐ヶ谷」と答えたそうだ。なかなかに哲学的な状況ではあった。

三五歳の男性が、弟子入りしたいと押し掛けてきたこともある。当時ねねねは一四歳。父親でも不思議はない年齢差を、彼はどう考えていたのだろうか（結局この男は、編集者が追い払った）。

そういった手紙や、来訪者の大半は編集部どまりで〝応対〟されるのだが、今回のように、どこからか住所を調べて手紙を投函してくるケースもあった。両親の渡米にあわせてマンションを引っ越し、電話帳にも名前を記載しないことにしたので、最近は比較的穏やかだったが。

自慢ではないが、一通りのストーカー騒ぎは経験してきたのだ。

しかしそれにしても、今回は量が尋常ではないし、本人が姿を現さないぶん、より不気味な印象がある。

おそらくはそれが、この初対面にしてやはり普通のファンとも思えない読子・リードマンを追い返す気になれない理由となっているのだろう。

理論的ではないが、彼女が学校の教師、つまりは先生であるという事実も多少なりと関係しているかもしれない。

「だいじょうぶです。本を愛する人に、悪い人はいません」

読子は言い切った。説得力のない言葉だったが、彼女の目はひたすらに本気だった。

「まあ、そう思ってるならそれでもいいけど。コイツが説得に応じなかったらどうすんの？」

意地悪の粉が振りかかった問いに、読子は腕を組んで頭をひねった。

「その時は……ほんのちょっとだけ、力も使わないといけないかもしれません……」

悲しそうな、そして嫌そうな口振りだった。

「力って、あんたになにができるのよ。私のほうがずーっと強いじゃん」

校門前でのやりとりを思い出すと、読子に物理的な援護は期待できそうもない。

「そのへんは、はい……」

言葉を濁し、頭をかく。照れたような顔の裏に、なにかが隠されたことをねねは感じた。

まあいい。明日にでも、編集に電話をかけて相談しよう。警備会社や探偵社とかを紹介してもらい、警護を雇おう。そんなに長い間は必要ないだろうが。

とりあえず、今夜、一人でなければいい。今夜ばかりは一人でいるのが不安だ。そういう意味では、読子という存在はありがたい。

「……で、どうするの？　今夜？」

「と、いいますと？」

「私のコト、守ってくれるつったでしょ。……泊まってく？」

「いいんですかっ！」

読子の顔がぱぁっと明るくなった。

「別にいいわ。なんのおもてなしもできないけど」

「もうっ、先生のおウチに泊まれるだけで大感激です！」

ミーハー根性を全開にして、読子が飛び跳ねんばかりに喜ぶ。八歳も年上とは思えない態度だ。

「いいけど。別に。泊まるってもどーせ寝るだけだし」

「はい。……でも、先生と一つ屋根の下なんて……あはっ」

「……そういう言い方、やめてよ」

考えてみれば、読子は女性、そして教師ということでなんとなく警戒を解いているが、やっていることは手紙の主(ぬし)とあまり変わらないのだ。

ねねねはそんな事実に気づき、読子を複雑な顔で眺めた。


夕食を宅配のピザですませ、ねねねはシャワーを浴びて早々に寝る準備に入った。時計はまだ午後八時をまわったばかりだが、なにしろここ数日の睡眠不足で疲労が溜まっているのだ。

読子は、

「着替えがありませぇん」

とシャワーを使うのを遠慮しようとしたが、ねねねがパジャマを貸すのを条件に浴室に向かったのだった。

「着替えがないって、じゃあなんのためのスーツケースなのよ」

ねねねは疑問と好奇心をかきまぜながらも、クローゼットを掘り進んでパジャマを探し出した。

探し出したというのは、それが中学生の頃に着ていたもので、ずいぶんと長く仕舞いっぱなしだったからだ。

薄いピンクの地に、苺の模様が散りばめられている。子供っぽい可愛さが、その頃はお気に入りだった。

今は、白地にレモンイエローの点模様が散らばっているパジャマを愛用している。サイズは一回り大きめで、だぼっとした感じが心地よい。

ほどなくして、浴室から廊下に登場した読子を見て、ねねねは思わず吹き出した。

「ぷぁっ、はっはっはっ！」

「……ちょっと、小さめでした」

中学時代のものということと、読子がねねねより背が高いということ。そんなふたつの理由から、パジャマはやけに小さく見えた。

予想外に豊かな胸が布地を席巻しているせいか、上衣の丈が短く思えてしまう。

読子も童顔ぎみとはいえ、二五歳の女性である。それがぴっちりとしたパジャマを着ると、

そこかしこで身体のラインが浮き彫りとなり、なにやらフェティッシュな印象すら受ける。

男性が見ればそういった感情も湧き立つのだろうが、ごくノーマルなシュミのねねねとしては、単におかしいだけだった。

「あんまり、笑わないでください……」

読子も、拗(す)ねたような、恥ずかしいような表情を作る。

まだ身体から湯気が立ち上っているので、メガネのレンズも曇ったままだ。それがまた、コントのような空気に一役買っている。

「ごめん。似合って……はないけど、まあいいじゃん、見る人もいないし」

「うー……」

あまり慰めにもならないコメントに、読子が奇怪なうなり声をあげた。

さすがに下着を貸す気にはなれないので、それはコンビニで買って来させた。

読子は平然と「別に、これでもいいですが」と言ったが、ねねねが「それじゃ、シャワー浴びる意味が無い」と強引に買いに行かせたのである。

どうもこういったところで、読子は常識から外れているようだ。ねねねは彼女の私生活がどういうものなのか、少し興味が湧いてきたが、睡魔(すいま)の波がそれをうち消した。

気が緩(ゆる)んだせいか、大きなあくびが口をつく。

「はぁ……先生でも、あくびをなさるんですねぇ……」

読子が妙なところに感心してつぶやく。

「するって、そりゃ。……寝よ、もう……」

「はぁ……」

ねねねは寝室から担ぎ出してきた、厚手の毛布を読子に手渡す。

「エアコンも点いてるから、これだけでもいいでしょ」

自分も同じ毛布を手にして、リビングのソファーに身を横たえた。

「あの、私はここで大変結構なのですが、先生はベッドかおフトンでお休みになったほうがよくありませんか？」

対面のソファーの前に突っ立ったまま、読子が疑問を口にする。

「なに？　私が側にいると、メーワク？」

「とんでもないっ！」

読子がぶんぶんと顔を横に振る。乾ききっていない髪がぺらんぺらんと揺れた。

「ならいいでしょ。どこで寝ようと」

枕代わりのクッションを頭の下に置き、寝るポジションを決めていく。

納得したのか、読子もソファーの前にぺたんと腰を落とした。

図書室の時のように、三つ指をついて頭を下げる。

「あの……ふつつか者ですが、末永くよろしくお願いします……」

「だからっ！　そういうコトをするんじゃないっ！」

読子はどこか浮いているというか沈んでいるというか、世間の常識から外れている感がある。これまでどういう環境で育ってきたのか、時間があれば追及してみたいものだ。

「あ、先生」

なにかを思いだし、読子がコートのポケットをガサゴソとまさぐる。

ほどなくして彼女は、文庫本から紙片を取り出した。

長細い、薄い紙だ。一方に円形の穴が開けられ、短いリボンが結ばれている。

「忘れないうちに。これ、持っていただけませんか?」

ねねねに向かって紙片を突き出す。

「……栞(しおり)?」

本に挟(はさ)む、栞だった。紙の部分には、英国国旗、すなわちユニオンジャックが描かれている。

「なんで?」

「ええ、まあ。お守りです」

「お守りだったら、お守りちょうだいよ」

「すいません、お守りの代わりということで。でも、あるとなにかと便利なんですよ」

「栞なんて、他に使い道あるの?」

ねねね自身は、あまり本を読まない。それは級友たちに比べれば読んでいるほうだが、いわゆる活字中毒者の類(たぐい)ではない。コミックに雑誌に、あとは自分の原稿が載った見本誌をパラパラとめくる程度だ。資料本を読みこむことはあるが、それは趣味とは別のもの、と考えている。

「明日、教えます。とりあえず、持っててください」

「まあ、いいけど……」

ねねねはテーブルの上に栞を置いた。紙一枚、なにがジャマになるわけでもない。

「ありがとうございます」

ねねねはリモコンで照明の明度（めいど）を落とし、部屋の中を暗くする。空気に墨（すみ）が混ぜられたように、闇があふれていった。

「おやすみ」

「おやすみなさいです、先生」

二人はテーブルを挟んで、平行にその身を横たえた。

「…………」

すぐ眠れるかと思ったが、ねねねの瞼（まぶた）は今少し、落ちることを拒（こば）んだ。

考えてみれば、他人を家にお泊まりさせるのは、小学校以来ではないだろうか。

中学に入って、作家としてデビューしてからは、友人と遊ぶ機会もめっきり減った。

今では通学しても、他愛（たわい）のない会話をかわすぐらいだ。家への行き来はおろか、放課後一緒に寄り道することも滅多に無い。

あまり意識したことはなかったが、ずいぶんと一人に慣れていたのだ。

「…………ねぇ」

「はい？」

ねねねが口を開いた理由は、そんな自分の〝慣れ〟に気づいたからかもしれない。

その理由に、問いかけには、さして深い興味も含まれていなかった。本当に、なにげない一言だったのだ。

「……メガネ、取んないの？」

「はい。このままで」

「フレームとか、曲がっちゃうでしょ」

「いえ。頑丈(がんじょう)ですから」

確かに読子のメガネは、女性用とは思えないほどフレームも太い。というよりも、見たままで男性用の野暮(やぼ)ったいデザインだ。

「寝返りとかうったら、傷(いた)んじゃうんじゃないの？」

「だいじょうぶです。うちませんから。それに……」

微妙ではあったが、読子の声が変調した。長い間をおいて、言葉を続ける。

「…………はずしたく、ないんです」

そういえば彼女は、シャワールームに入る時も、出てきた時もメガネをかけたままだった。

浴室の中でまで、かけていたとは考えにくいが……？

「なんで？　大事なもんなの？」

「……はい……とても……」

読子の口調は穏やかだったが、短い言葉に重みが含まれていた。

ねねねは、自分のなにげない問いが、予想外に深い会話に展開しつつあることに、まだ気づいていなかった。

「……誰かに、もらったとか？」

カマをかける、というやつである。闇の中でなかったら、身を起こしていたら、ねねねは読子の口が小さく結ばれたことに気づいただろう。

「……昔、好きだった人に……」

「！　いたの！　そんなん？」

失礼な言葉ではあったが、ねねねとしては、この本一辺倒で色気もない読子が、人を好きになったことがあるというだけで驚きだった。しかしそれなら、メガネが男モノであることも納得できる。

「ええ、まあ……」

「どんな人、だったの？」

ねねねは、自分の言葉が思いもよらぬ大物をつり上げたことに高揚していた。

読子に劣らず小説一辺倒の自分だが、そういう話に興味がないわけではない。

「本が、好きな人でした……」

「ま、あんたの相手ならそうでしょうね」

「……だから、二人でいても本ばっかり読んでましたね」

どうもあまり、色気というものが感じられない。

「なにそれ？　会話とかなかったの？」

「ありました。私が読み終わった本の感想喋ると、ニコニコしながらぜぇんぶ聞いてくれたんですよ」

夕方、のりと晴美相手に本を取り出していた時の読子が思い出された。アレにつきあうのは、読書が趣味でなければ苦痛だろう。

「……人にも、本にも優しい男性でした。……先生の本も、読む度に感動してましたよ」

思いがけず自分の話題を出されて、ねねねは少し戸惑った。それを隠すために、意識して会話を進ませる。

「ありがと。……で、その人、今どこに居るの？」

「どこにもいません……死んじゃったんです、もう……」

読子の返答は、彼女の言葉が過去形だった真の理由を明かしていた。

ねねねはしばし、その言葉の意味を理解できなくて黙りこんでしまった。闇だけが、読子に先を語るよう促した。

「だから……もう、自分で本、読めないから。……彼のものだったこのメガネを通して、私が……読んであげようと思って。……先生の本みたいな、素敵な本を」

語り馴れているわけでもないだろうが、読子の口調は淡々としていた。本を語る時と違い、感情を見せなかった。ただ静かに、言葉を紡いだだけだった。

しかしその内容が、面白がったり茶化していいものでないことは容易にわかる。

ねねねは自覚できるほど長い間、黙ってしまった。

「……すみません。ヘンな話、聞かせちゃいましたね」

「あ、ううん……聞いたの、こっちだし……」

正直、好奇心をそそられる話ではある。だがこれ以上、続きを訊ねていいのかはわからない。深夜のお喋りといえば色恋沙汰が相場だが、意外にも読子の語ったのは真面目で、重い話題となっていた。

能天気で、世間知らずとばかり思っていた読子から、思わぬ過去を聞いてしまった。

「…………………」

長めの沈黙は、会話をそこで途切れさせる暗黙の了解だった。

空気の色が変わった頃を見計らい、今度は読子が口を開く。

「先生……」

「なに?」

「私……先生にずっとお聞きしたかったことがあるんです」

「なによ?」

「でも、どのインタビューでもお答えにならなかったから……」

「なによもう、言ってみなさいよ」

読子は毛布の上で、拳を握った。掌の中で、決心を固めたように。

「先生は、どうして本を書き始めたんですか?」

「…………」

ねねねから返ってきたのは、沈黙だった。

「あ、あの……ご無理にお答えいただかなくても結構ですが、でもその、気になっていたもので……」

「……なんでだろ?」

暗い室内にぽつりと浮かんだねねねの言葉には、少量の迷いが混ざっている。

「……あんたと違って、特別本が好きなわけでもなかったし……」

ねねねはゆっくりと、自分の中の記憶をたどり始める。

「……小学二年の時に、授業で詩を書いたら褒められて……」

「先生にですか?」

「先生にも。父さん、母さんにも。別に得意のない子だったから、嬉しかったんじゃない?」

その疑問符はねねね本人に向けられているものなのか、両親に向けられているものなのか、読子にはわかりかねる。

「読書感想文とか、短い童話とか書き出して……調子にノッちゃったのかな……」

「それで、一三歳で小説を?」

「ん。……でも……」

ねねねは寝返りをうった。読子に背を向けるような姿勢を取る。

「知らない人からは褒められたけど……」

「ご両親、お喜びだったんじゃないんですか？」

「父さん、その頃はもう忙しくなってたし。母さんは……死んでたし」

「すいません、私、失礼な質問を……」

「いいよ、別に。アイコじゃない？」

ねねねの口調には、別に寂しさを感じさせるものはない。何度も自分の中で咀嚼（そしゃく）した事実なのだろう。あるいは、本人も気づいていないだけかもしれないが。

「……手のかからない子になった、って思ってるんじゃない？　小説書いてたら、遊んだり、グレたりする時間もなかったし。……勉強もしなかったけど」

「でも……」

読子はなにか言葉を継ごうとしたが、

「そうだね……なんで私、本書いてるんだろ？」

ねねねの言葉は、既に自分に向けて語られていた。このところ、多忙にまみれて掘り起こしたことのない疑問だった。

「先生……」

「……ごめん、眠くなっちゃった……」

真意でない拒否を舌に乗せて、ねねねは会話をうちきる。

「おやすみ……」

「……はい……」

闇の中で、二人は互いのことを少しだけ知り合った。しかしそれは、結論のないままに夜にまぎれていった。

室内温度の調整か、エアコンが一旦停止する。

暗い室内に、互いの疑問符だけが取り残された。

「……ん……んくー……」

どれだけ時間が過ぎただろう、ねねねの寝息が、かすかな風のように夜を彩った。

読子は、闇の中でねねねのほうを凝視した。メガネをかけていても、その寝顔を盗み見ることは難しい。

サイン会で、潜り込んだ出版社のパーティーで、あるいは古書市で。

好きな作家を見たことは幾度もある。しかし、部屋まで押し掛けたのはこれが初めてだ。

図書室で会った時、ねねねは強烈なオーラを発揮していた。

小柄ながら、迫力は当たるを蹴散らすブルドーザーのようだった。あれが執筆中の作家というものだ。

だが、このマンションの入口で大量の封書を見た時、彼女は普通の少女よりさらに弱々しく見えた。読子が、思わず手を握ってしまったほどに。

おそらくは、その両方共がねねねの真実なのだろう。異なる資質のアンバランスが、彼女の執筆に影響しているのだろう。

なら、読子は彼女を守らねばならない。執筆を邪魔する者から。それが読子の使命であり、読子は彼女の書くものを欲していたのだから。

「だいじょうぶです、先生……」

聞こえるはずもない就寝の言葉を投げかけ、読子は自分自身も眠りについた。

幕間劇

紙の匂(にお)いが強く漂(ただよ)う部屋だった。

劇薬を多量の水で薄めたようなものだろうか。なにがどう、というわけでもないのだが、確実にそこにある違和感。

黒い革コートに身を包んだ男は、その匂いに、左眉(ひだりまゆ)を正確に三ミリだけ動かした。

別段匂いを嫌悪しての態度ではない。ただの疑問だ。

なぜならこれだけ紙の匂いをさせながら、部屋の中には本らしきものはほとんど見あたらなかったからである。

暗い部屋だ。

白い壁に、間接照明の光が鈍く光っている。窓らしきものは無い。

コートの男は腕時計を見た。夜の一〇時をまわっている。もっとも、この部屋にいるならば、時間の流れは無関係だろうが。

部屋の奥から、すすり泣くような声が聞こえてくる。

男は歩(ほ)を進めた。それにつれて、泣き声のボリュームも上がっていく。

近づいているから、だけではない。

感極まったのか、泣き声は嗚咽になり、やがて号泣に成長していった。

「……お楽しみのところ、悪いがな」

男は、闇の奥に声を飛ばした。

「……シザーハンズかい、ふしゅん」

答えは、鼻声まじりで返ってきた。男の声だ。それも、それなりに成長した男の声だ。

シザーハンズ、と呼ばれた男は、コートのポケットからケースを取り出し、中の葉巻を一本つまみ出した。

「……後にしたほうがよかったか?」

いつ切り落としたのか、葉巻の端がぽとりと床に落ちる。切断面は、完璧に床に一致した。

「……いや、読み返していたところだ。……何度読んでも泣ける。『猫のいる街角で』は傑作だ……」

男の声は、ねねねの新作を口にした。読子が図書室に持ち込んでいた、あの作品だ。

「俺には正直わからんな。そのへんのガキと、どこが違うんだ?」

〃シザーハンズ〃は、遠慮のない口調でライターを開く。勢いよく噴出したガスが、火柱と呼んでいいほどの炎を作る。

その炎で、シザーハンズの顔が闇に浮かんだ。歳は二〇代後半から三〇代前半だろうか、顔つきは東洋人のそれだが、色は驚くほど白い。コートの色に逆らうかのようだ。

しかしなんといっても人目を引くのは、顔じゅうに走る傷痕だった。縦、横、斜め、二ケタに届きそうな数の傷が顔面を埋めている。

髪は針金のように逆立ち、ただでさえ刺々しい印象をさらに強いものとしていた。

火柱は、闇の中で幾つもの反射光を生み出した。コートの表面には、鋭利な金属片が散りばめられているのだ。ファッションには思えない、明らかに切断が可能な刃物が。

ライターを持つ手も、ギミックを施した手袋のように、禍々しい甲殻に覆われている。撫でられただけで傷をおうだろう鉄片が、各指の先に埋まっている。

存在するだけで、威圧となる外観である。

しかし闇からの声は、そんなシザーハンズにも怯むことはなかった。むしろ、叱咤するような口調で会話を続けてくる。

「君のような愚か者には一生わからないよ。創作を知らず、破壊にしか興味のないケダモノにはね」

シザーハンズは口を開け、ぷかりと煙の輪を吐いた。

「なんとでも言ってくれ。報酬さえ貰えるなら、相手がガキだろうが芸術家だろうが興味はない」

「……彼女は若く、才気に富んだ文学者だ。シェイクスピアの再来といっても、過言ではない……」

闇の声は、熱を帯びていた。自分の言葉に興奮しているのだ。あるいは、自分の言葉の意味

するものに、というべきか。

「だが惜しむらくは、まだ発展途上だ。この先、時代に名を成す作家となるか、それとも俗な出版の海に溺れていくか……。まだ、危ういところだね」

声から熱が一気に引いた。熱湯が瞬時に氷になったかのように。

「今しかない。今、教育しなければ、彼女は平凡な作家のままで終わってしまう。さらなる高みに導くには……」

息が荒くなった。闇の中に、濃い熱意の色が混じる。

「僕が、直に教えるしかない」

断言は、絶対真理に等しい硬度でシザーハンズの前に転がってきた。

「僕のポール・Sを連れてこい、シザーハンズ」

「了解した」

口の端を曲げ、シザーハンズが笑う。その動きにつれて傷が歪み、一瞬口が耳まで裂けたかのような表情が生まれた。

第二章　『書く者　読む者』

「……意外と知られてないんですけどぉ、ナポレオンは歴史上でも有名な本好きでぇ、軍事遠征に出かける時には、三〇〇〇冊の移動図書館を作って、同行させたんですよ」

読子・リードマンは目を輝かせ、言葉を弾ませて〝ちょっといい話〟を語ったが、二年C組にはなんら感銘を受けた生徒はいなかった。

赴任二日目。読子は、ねねねのマンションから連れだって登校した。二人とも前日の疲れを引きずったせいか、かなりギリギリの登校だった。

ことに読子は、教員は始業の三〇分前に出勤しなければならない、という規則を大幅に破り、二日連続で校長から注意を受けるはめになった。

しかし、反省も慢心も引きずらないのが読子の性格である。つまりはそういった一時的な感情は、怒濤のマイペースが呑み込んでしまうのだが。

とにかく読子は、二日目の一時限にして垣根坂高校での初授業を開始した。

その内容はフランス史におけるナポレオン・ボナパルトの外交を軸としたものだったが、読子の話題は早々に脱線を始めてしまったというわけだ。

「フランス人はヨーロッパでも〝書痴〟として知られてます。あ、これは要するに本好きってことですね。ことわざにも〝女と本と馬は賃借無用〟っていうのがあって、つまりフランス人さんは本を〝読む〟だけじゃなく、常に手元に置いておこうというコレクター資質で認識してるんです。これに比べて、イギリス人はあくまで本を実用的なものと割り切り、本を読むなら図書館でじゅうぶん、と考えるのがヨーロッパの常識になっています。でも、これって偏見ですよね。イギリスだって本好きな人はいっぱいいますもん」

誰に対しての不満なのか、口を尖らせる。しかし、同意する者は皆無だった。いや、彼女の話を聞いている者すらろくにいなかった。

生徒たちは教壇で一人盛り上がる読子をよそに、次の授業の〝内職〟、ノートへのラクガキ、小声でのお喋りと、様々な個人活動に励んでいる。

読子にしてみても、授業から大きくハズれ、好きなことを喋り倒しているだけなのだから、叱責もできないが。

とにかく、二年C組の授業は静かに脱線しつつあった。

この後に勃発する騒動に比べれば、はるかに平和だったが。

菫川ねねねは、地理の授業そっちのけで、昨夜読子からもらった栞を見つめていた。

特にどうということのない栞だ。表、裏には小さくユニオンジャックとなにかのシンボルマークが描かれている。古いものらしいが、破れや皺はない。上質紙か特殊紙で作ったものだろうか？

なんにせよ、栞は栞である。ねねねは深く考えることなく、栞をシャツの胸ポケットにしまった。

黒板には、地理の大地図がかかっている。授業は中国の地形について語られていたが、ねねねの目はイギリスに移った。栞のユニオンジャックを思い出した。

あの先生、ハーフつってたけど、向こうにいたのかな？

読子に対する好奇心の芽が、少しだけ頭をもたげた。

あんなのったりした性格で、危ない目にあわなかったのかな？　……あのマイペースぶりって、もしかしたら、ケッコーいいトコのお嬢だったり。……それはないか。せいぜい、公務員かなんかが留学してきた学生と知り合って、結婚して……そんな映画あったな。もうちょっと、意外性が欲しいよね……。

知らず知らずのうちに、ねねねは頭の中で読子の出生をこねまわし始めた。〝物語〟の骨子になりそうなものを、手探りで見つけようとする。創作の種など、どこにでも転がっているものだ。

意外つったら、あんなヌケてるくせにそれなりのロマンスは持ってそうだし。……相手がもう死んじゃった、ってのはちょっとかわいそうだけど。……やっぱ、病気かなんかで死にわかれかな？　そのほうが悲恋っぽいけど。

頭の中のぼやっとしたものを、なんとか形に仕上げようと努力していると、髪に小さく折り畳まれた紙片が当たった。

飛んできた方角、斜め後ろを盗み見ると、のりと晴美――昨日、校門前で声をかけてきた級友だ――がくすくすと笑っている。

ねねねは身を屈め、こっそり紙片を拾って開いた。

それはメモ用紙で、中央に丸っこい文字で「昨日の中ボー、サイテー。今日、気晴らしするけどセンセはシメキリある?」と書かれていた。

「…………」

ねねねはしばらく考えてみた。出版社に行って、担当の編集にでも例の手紙のことを相談しようと思っていたのだ。何日も読子を泊めるわけにもいかないし、イザという時にはやっぱり彼女では頼りない。

……しかし、まあ。

みんなと一緒なら、そうそう相手も行動してはこないだろう。人目があればあるほど、安全性は高まるに違いない。

ねねねは後方に向かって、親指を立てた拳を突き出した。承諾のサインだ。

後方から、小さくぺちぺちと拍手する音が聞こえてきた。

そうだ。たまには、羽根をのばすのもいいだろう。どうせまたすぐ、次の締め切りに追われることになるのだから。

頭の中に産まれかけていた物語の種は、いつしか消えていた。

廊下を、コツコツと靴音が進んでいく。

無論、音だけが進んでいるはずはない。音を立てているのは、革靴だ。

黒い革コートに身を包んだ男——裏世界では〝シザーハンズ〟と呼ばれる彼が、垣根坂高校の廊下を歩いているのだ。

授業中ということもあって、生徒の影は無い。教員の姿も無い。あれば、この顔じゅうに傷を持ち、全身に刃物をぶら下げた男を呼び止めることだろう。

「あんた誰だ？」

「なんの用だ？」

しかしシザーハンズとしては、その質問がたとえ「そのクールなコートは、どこで買ったんだ？」というものでも、答える気は毛頭無かった。余計な会話は、仕事を長引かせるだけだ。

自分が為すべきことはただ一つ、菫川ねねね——おっと、ポール・Sと呼ばないと依頼人は臍を曲げるか——という、間違えようのない名前のガキをさらうことだ。

簡単な仕事だ。簡単すぎる。

簡単ではあるが、別に退屈はしない。彼は興味深く、周囲を観察していたのだ。初めて見る、学校というやつを。

持って産まれた〝資質〟のせいで、彼はずっと裏の世界を歩いてきた。こんなふうに靴音を高くして歩けるようになったのは、二〇歳を越えてからだ。足音を立てても殺されないほど、強くなってからだ。

強くなったから、今回のような依頼もくる。依頼主は甘やかされすぎて育った金持ちのボンボンで、正真正銘の狂人で変質者で誇大妄想癖の持ち主だが、支払われる金は他と変わりない。いやむしろ、他よりもずっと多い。

おまけに、ちょっとばかし〝表の〟ガキどもを驚かせることもできる。

シザーハンズは顔じゅうの傷を歪めて、禍々しく笑った。

やがて、目標である三年A組に到着する。

彼は右手を上げ、合金のドアの表面を素早く撫でた。

皮膚感覚を逆撫でる高音が、教室を疾った。

教室内の全員が、突然の怪音に耳を覆った。ねねねも例外ではなかった。

「なっ……？」

「なに今の音？　雷？」

外は春の陽気あふれる快晴である。雷のはずはない。だが、事態を把握できない生徒たちは、自分の知識内での答えを望んだのだった。

「落ち着け、おいっ！」

ざわつく生徒たちを鎮めようと、教師が声を張り上げる。しかし裏付けのない言葉は、自分自身さえ冷静にすることができない。

き…………………。

短く、鋭い音がドアから聞こえてきた。全員の視線が、その表面に集まった。

そこから先は、まるで冗談だった。古典的なギャグマンガ、アメリカのアニメーションが実体化したような光景だった。

ドアの表面に、人の形が浮かんだのである。

それは男性のシルエットを忠実に映した形だった。ドアの外から押し出されるように、内側に向かって倒れてくる。

ドア付近の席に座っていた生徒が、思わず立ち上がる。盛大な音をたてて、かつてドアだったもの——人型にくり抜かれた合金——は、教室の床を震わせた。

音と埃が教室内に撒かれ、すぐに消えていった。

生徒たちの大半が、まだなにが起きたのか理解していなかった。

「ドッキリ……？」

一人の生徒がつぶやくように言ったが、笑いも賛同も出なかった。

ドアに開いた人型の穴、それをくぐって、ぬっと黒い影が現れる。傷だらけの顔が、教室の中を見渡してにいっと笑った。

「……すまんな、遅刻したかな？」

「……なんだ、あんた……」

教師がどうにか口を開く。正体不明の来訪者に、とりあえず真っ先に対応できたのは賞賛するべきだろう。

「……菫川は、どいつだ？」

影――――シザーハンズの声を聞き、生徒たちが一斉に視線をねねねにぶつける。それが言葉にかわり、ねねねの存在をシザーハンズに確認させてしまった。

「迎えに来たぜ、ポール・S……」

そのセリフを聞いて、ねねねの顔から血が一気に下がった。

シザーハンズが、ゆるゆると彼女に向かおうとする。

「ちょっとあんた！」

教師が、シザーハンズの腕をつかんだ。

次の瞬間、最前列に座っていた生徒の机の上に、カットされたウインナーが転がってきた。ノートの上に、べったりとケチャップをまき散らす。

生徒の脳は、一旦視界に映ったものをそう認識したが、すぐにそれが誤りだと知覚した。ウインナーに思えたのは切断された指で、ケチャップは血だった。

切り落とされた教師の指が、机の上に転がったのだ。

教師の顔に、痛みより大きい驚きが浮かんでいた。彼より先に、窓際の女生徒が悲鳴をあげた。

「いやぁぁぁっっっ！」

悲鳴は開け放たれていた窓から宙を飛び、近隣の教室に響き渡った。

「！」

それに、もっとも早く反応したのが読子だった。

「なに今の」

「女？」

「上？　三年？」

生徒たちは、好奇と疑問の色を浮かべるばかりだったが、読子の顔には言いしれぬ緊張が出現していた。

方向は三年A組。ねねねのクラスだ。声は彼女のものではなかったが、それでも不安要素としては十分だった。

「センセ？」

読子の（フランス人と書物愛好癖についての）熱弁がぴたりと止まり、雰囲気も一変したことに気づいた生徒が不思議そうな顔を作る。

「自習にします！」

読子はそれだけ言い残し、既に半分自習となっていた教室を飛び出した。

廊下には、三人ほど男性教師の姿が見てとれた。読子と同様、突然の悲鳴を不審に思ったのだろう。

しかし彼らはのろのろと集まり、顔を突きつけあわせて「なにごとか？」と会話をかわすばかりであった。

読子は中央階段に向かって走った。

「!? リードマン先生!?」

男性教師の一人が突進する読子に声をかけた。昨日の朝、職員会議で紹介された顔だったが、読子の記憶、そして視界からは瞬時に消えた。

コートをバタバタと翻し、広い足幅で走る。大きな足音が廊下に響いた。

「先生っ!?」

同僚の声に塵ほどの反応も残さず、階段を三段飛びで走りあがった。わずか八歩でもう、三階に着いていた。

廊下に視線を走らせると、三年A組の生徒たちがドアからもつれるように逃げてくるのが見えた。

「どうしたん、ですかっ!?」

読子の問いに答えられる生徒はいなかった。全員が、目と口を激しく開閉しつつ、驚異と怯えに満ちた声をあげていた。

読子は状況把握を放棄し、A組のドアに走った。

人型の穴が開いた奇妙なドアを開け、中に飛び込む。

「誰だ!?」

教室の中央に、黒い革コートを着た男が立っていた。

その腕には、ぐったりと気を失ったねねねが抱えられている。制服の端々(はしばし)が切られ、肌が覗(のぞ)いていた。

読子は、瞬時に教室の状況を見てとった。

机が両断されている。生徒の教科書、シャープペンシル、ノート、私物の携帯電話、およそあらゆるものがまっ二つに切られるか、深い傷を刻まれていた。

男のコートからは、幾本(いくほん)もの刃物が突き出ていた。疑いない。彼が歩いただけで、教室がこうなったに違いない。

「誰だと聞いてるだろっ！」

男の指がわずかに動いた。その先から、なにか小さな鉄片が飛んでくるのを、読子の目が捉えた。思いきって身を倒し、同時に袖口(そでぐち)から紙片をスライドさせて男に飛ばす。

「！」

読子の反撃は、計算外だったようだ。男――シザーハンズはわずかに避け遅れ、右頬(みぎほお)に紙片をかすめてしまった。

「きさっ、まっ！」

新たな傷が記され、血が流れた。

シザーハンズの投げた鉄片は、読子が背にしていた黒板に突き刺さっていた。

読子はその正体を見てとった。これは、ビッグサイズのカッターナイフに使用される刃だ。

正確に言えば、それに似たものだ。研(と)ぎ具合、切れ味は比較にならないほど鋭い。刃の半分近くが、黒板に潜っている。

　その一方で、シザーハンズも自分を傷つけたものの正体を悟っていた。それは、教室後部の黒板に刺さっていた。紙だ。メモ用紙のような縦長の紙が、あたかも手裏剣であるかのように、一角を黒板に突き立てている。

　教室の、前と後ろ。鉄片と紙片。交差したそれぞれの武器は、対極にその身を突き立てている。

「紙使い」

　シザーハンズの顔が、驚愕に彩られた。しかしそれは、読子にとっても同じだった。この男は、紙使いの存在を知っている。

　困惑を抱きつつもねねねに視線を流す。気絶したままの彼女には、どうやら今のセリフは聞かれずにすんだようだ。

「大英図書館か!?」

　読子は大きく頷きつつ、慎重に間合いを取った。

「……菫川先生を、返してください……」

　喋りながらも、コートの内側に隠し持っていたメモ用紙、付箋を手の中に構える。一瞬のスキをついて攻撃できるように。

　だが、シザーハンズはねねねの身体を盾にして、読子を牽制する。

「……驚いたな。このガキに、そんな価値があるってのか?　大英図書館が動くほどの?」

言葉の中に違和感を覚えつつも、読子が死角を求めて動く。

「……あなたもファンなら、菫川先生に迷惑をかけてはいけないことぐらいわかるでしょう！　先生を、離してください！」

シザーハンズの傷が歪んだ。それは、グロテスクな微笑みだった。肉体的にも、精神的にも。

「勘違いするな。俺はこのガキになんの思い入れもない。こいつを欲しがってるのは、俺の依頼人だ！」

「！　それが、あの手紙の……」

読子とシザーハンズ、日常を本の表紙とするなら、二人の名前が記されるのは、裏表紙である。特異な能力を持つ故に、彼ら、そして彼女らの居場所は否応なしに定められるのだ。二人は同じ匂いを持つ者どうしとして、互いの背景を探りあう。

相手がただ者ではないとわかった以上、うかつに動くことはできない。読子はねねねを人質に取られて膠着し、シザーハンズは逆にそのねねねが盾になり、枷となっている。

後は、相手にどうスキを作らせるかが勝負の鍵だ。

だがこの状況は、読子にとって有利だった。膠着状態が長引けば、いずれ人がくる。ここは男にとって敵地である。周囲を囲まれることは、負けを意味するのだ。

その状況を予想していたのか、シザーハンズが〝仕掛けて〟きた。

「大英図書館の紙使い……とくれば〝ザ・ペーパー〟だが？」

コードネームを呼ばれて、読子がわずかに緊張する。

「……俺が前に戦ったザ・ペーパーは男だったがな。あいつはどうした？」

「！」

シザーハンズの言葉は、彼の予想以上に大きな効果をもたらした。

読子の動きが止まったのである。それは一秒に満たない時間だった。しかし、シザーハンズにとってはそれで十分だったのだ。

「はっ！」

シザーハンズは、ねねねを抱えたまま つま先立ちになった。そして左足を軸足（じくあし）とし、右足の先で床に円を書いたのだ。あたかもコンパスのように。

「あっ！」

意外な動きに、読子が戸惑った。しかし本当に意外だったのは、この後だった。

シザーハンズの身体が、ねねねと一緒に沈んだ。いや、沈下（ちんか）ではない、落下だ。

彼は、靴先（くつさき）に仕込んでおいた刃で床を円形に切り取った。そしてそのまま垂直に落下したのだった。

階下（かいか）から、驚きの声があがる。読子は迷わなかった。その脱出法を理解した彼女は、一気に窓へと向かった。

一階の窓を打ち割って、シザーハンズが校庭に飛び出した。

目前には、車が用意されていた。あれで、ねねねを連れ去るつもりなのだ。

「先生っ！」

　読子は周囲を見回した。黒板の下に、授業で使ったらしい大判サイズの世界地図が落ちている。

　迷う間もなく、読子はそれを手に取った。そのままひきずって、窓を全開にする。

「はぁっ！」

　読子は飛んだ。三階の窓から宙にその身を躍らせた。

　階段を降りていては、車を見失ってしまう。最短、最速ルートを進まなければならなかったのだ。

　当然のごとく重力が読子を捕らえ、地上へと引き寄せる。

　読子は落下しつつ、手にしていた大判の地図を引き裂いた。

「！　！　！！！！！！！！」

　折る。折る。折る。宙で地図とからまるように身体を動かし、折り進んでいく。紙は風に煽(あお)られつつも、読子の神業(かみわざ)ともいえる手さばきでみるみる姿を変えていった。

「でき……ましたっ！」

　まさに墜落(ついらく)直前。目前に地面が迫った時、それは完成した。

　巨大な、紙風船である。

　顔を真っ赤にして空気を吹き込み、地面に放る。コンマ一秒の間もおかず、読子の身体はその上に着地した。墜落のショックが緩和(かんわ)され、衝撃が逃げていく。

「……はーっ、はーっ……」

成功したとはいえ、さすがに読子の息も荒い。文字通り間一髪(かんいっぱつ)の荒技(あらわざ)に、心臓もこれ以上ないというほど動悸(どうき)を速め、肺は酸素を求めていた。

「！　……菫川、先生！」

紙風船から下りると、もう車は走り出していた。

「先生っ！」

後を追って、読子が走る。ばたばたと広いストライドで走っていく。

リアウインドゥに、後部座席にもたれたまま、気絶しているねねねの姿が映った。

車体が校門を飛び出すと、それは道路をカーブした勢いで倒れ、読子の視界から消えた。

「菫川、せんせぇぇぇぇい！！！」

車体は既に、紙の射程(しやてい)距離から外れていた。読子は顔じゅうに汗をかき、その場に倒れるように座り込んだ。

紙を使えば一流のエージェントでも、身体機能自体は一般人と大差がない。まして三階からのダイビングで呼吸は乱れきっている。全速力で走る車に追いつくことは不可能だ。

「………………」

道の彼方(かなた)に、車体が消えていく。

読子は背後を振り返った。昨日、下校しようとするねねねを呼び止めた場所が目に入った。

あの時、自分はなんと言った？

「……実は、先生を守ってさしあげたいと思いまして」

「私、こう見えてもちょっと強いんですよ」

二四時間と経たぬ間に、その言葉は嘘になってしまった。

自分は、ねねねを助けられなかったのだ。

「……せん……せ、い……すっ……すみれが、わ、……せんっ……」

未だ治まらぬ荒い息の下で、読子は何度も何度もねねねを呼んだ。

いつしか、彼女の頬を雫が流れている。

汗にしては、雫は熱く、苦く、悲しすぎた。

読子はメガネの下で、滝のように涙を流し続けていた。

守れなかった。助けられなかった。救えなかった。自分の心を、容赦なく自分が責める。なにが紙使いか。なにがザ・ペーパーか。なにが、菫川ねねねのファンなのか。

「ふぐっ……うっ……」

読子は、涙を拭おうとして顔に手をやる。

だがその手は、瞳の直前で遮られた。もちろん、メガネに当たってのことだ。

「うぐっ……」

黒く、太い縁が、読子の手を差し止めたように思えた。

涙なんか、流している場合じゃないだろう？

そう言っているように感じた。かつて、このメガネをかけていた男が。

あの時も、自分は泣いていた。子供のように、悲しみにまみれて泣きじゃくっていた。

このメガネをかけていた男は、そんな自分を見て微笑(ほほえ)んだ。血にまみれ、自分のほうが、何千倍も苦しいはずなのに。

激痛を笑顔の下に隠し、涙を流す自分をなんとか慰めようとしてくれた。

だが、声のかわりに彼の喉(のど)をついて出たのは、大量の血だった。

自分はあの時、なにもできなかった。

彼を慰めることも、助けることも、苦痛から救ってやることも。

なにもできずに泣いていたのだ。

「…………」

読子の嗚咽(おえつ)がかすれ、小さくなり、やがて止(や)んだ。

許されない。ザ・ペーパーの名を持つ者が、もうこれ以上泣くことなど許されるわけがないのだ。

目の前で、作家がさらわれた。前途ある、才気あふれる作家だ。彼女の本が、何度自分を喜ばせてくれたことだろう。感動させてくれたことだろう。励ましてくれたことだろう。

本を愛する者として、ここで退くことなど決してあってはならない。

読子は立ち上がった。無論、車の姿などもう見えるわけがない。

しかしまだ、助ける方法はある。あきらめなければ、どんな事態でも成功確率はＹＥＳ／ＮＯ、五〇％まで上がるのだ。

読子はズレかけていたメガネのブリッジに指を置き、ポジションを整える。

「……菫川先生、必ず助けます」

それは、読子・リードマンとしての宣戦布告でもあった。


菫川ねねねは、冷たい床の上で目を覚ました。

起きてすぐには、状況が理解できなかった。

教室にあの、傷だらけの顔を持った男が現れて、先生の指を切り落として……。

嫌悪を伴う記憶に、胃がわずかに縮んだ。

そこから先は悪夢のようだった。しかも、きわめてできのいい悪夢だった。

男が歩いただけで、周囲の机が切れた。かまいたちのような現象かと思ったが、風は少しも吹いていなかった。

生徒の幾人かの制服も、弾けるように切れた。表皮を傷つけられ、血に染まった者もいた。もう、大半の生徒が逃げ腰になり、出入口のドアへと殺到していた。

しかし、ねねねは動けなかった。

男に正面から射すくめられ、席を立つことすらかなわなかった。

なにより彼女を縛ったのは、「迎えに来たぜ、ポール・S」という男のセリフだった。ここ数日の記憶がありありと蘇る。

男は外国人のような動作で両手を広げた。

それにつれて、無数の痛みがねねねの身体中を疾(はし)った。

制服の上を衝撃が流れ飛び、いつしかその下の肌が外気にさらされていた。

衝撃の一つはねねねの後頭部を襲い、彼女の意識を奪っていった。

「………いつつ……」

どうにか、上半身を起こす。身体のあちこちが痛むが、骨折などはないようだ。

制服があちこち破れている。それが、どうやら夢を見ていたわけではないという証明だった。残念ながら。

「目が覚めたか?」

降りかかってきた声に、ねねねは身をすくめた。

見下ろすように、シザーハンズが立っていた。

「なによ、あんた……」

ねねねの声からはいつもの快活さが感じられない。目下(もっか)の状況を考えれば無理のないことだが。

「そうだな、この世界じゃシザーハンズと呼ばれてる」

「シザーハンズ?」

ねねねは名前を繰り返したが、むしろ気になったのは〝この世界〟という呼び方だった。彼自身もそんな心情を見抜いたのか、言葉を続ける。

「向こうの世界じゃずいぶんと有名人だったらしいな、お嬢(じょう)ちゃん。だが……」

数本の傷が、笑いの上にサディスティックな味付けを施した。

「もう、戻れない。あんたは今日から、この世界の住人だ」

その口調が、ねねねの中に残っていた最後の気力を刺激した。

「なにそれ……どういうことっ？　私をどうしようっての？　手紙ばっかりじゃあきたんなくて、ユーカイまでっ⁉」

シザーハンズはにやにやと笑いながら、ねねねが喋るのを見ている。

「もう許さないっ！　犯罪なんだからっ！　訴えてやる、カクゴしときなさいっ！」

「お嬢ちゃん、これからあんたは、そういう表の世界の習慣とは無縁の世界で暮らすんだよ。こっちのルールに従って、な」

妙に優しい口調が不気味だった。

「あと、誤解されているようだから言っとくが、あんたに用があるのは俺じゃない、俺の依頼人だ。怒鳴るなら、そいつにしてくれ。見ればわかるだろうが、俺は傷つきやすいんだ」

「依頼人？」

つまりは、自分の誘拐は個人のストーキングではなく、複数人の計画なのか？

「ポォ――――――ル、エェェェェェスゥ……」

シザーハンズとは逆の方向から、声がした。

「⁉」

驚きを顔に張り付けて、ねねねが見る。

目を凝らして見ると、そこには、広い寝台があった。豪奢なシーツがかかった上に、一人の男が寝転がっていた。

「やっと会えたね、ポォ――ル……」

三〇歳前、といった外観。痩せすぎの身体を、黒い革パンツに、白いシャツで覆っている。黒髪は油で後方に撫でつけられ、何本かが額に落ちていた。

見たことのない男だった。

「……誰、あんた……」

ねねねがもっともすぎる問いを投げかけた。

「君のナンバーワン・ファンだよ、ポール」

「誰がポールよ！　私は菫川……」

言葉が終わらないうちに、ねねねに向かってなにかが飛んできた。

「!?」

咄嗟に顔を庇った手に、固い感触が当たった。床に落ちて、その正体に気づく。

ねねねの新刊『猫のいる街角で』だった。

「不作法だよ」

男は平然と笑って、ねねねを見ていた。ねねねの腕に、本の角が当たった赤い腫れが残っている。

「まあいいさ。これからじっくりと直していこう。君のその性格、礼儀、考え方、文体、なにもかも……」

　言葉からにじみ出る病的な雰囲気に、ねねねが押し黙る。

「僕の名前は毬原一巳。……愛書狂だ」

「びぶりおまにあ？」

「そう。だが並のマニアとは違う。日本で出版される全ての本に目を通し、その中から才能のある者を見つけ、場合によっては執筆活動を援助する。幸いなことに、それだけの資産をもってる」

「なんで？　なんのために？」

　毬原はゆっくりと上体を起こした。寝台の上で。

「……出版文化を支えるためさ。現代の日本人は、この歴史上でも稀に見る出版大国に暮らしながら、本、というものの魅力を日に日に忘却している」

　ねねねをじっと見つめてくる。奇妙に薄い瞳の色が、ねねねを威圧した。

「ゲーム、TVプログラム、イベント、ミュージック、インターネット……数々の快楽に溺れて、本から遠ざかっているんだよ。文学は今や、もっとも前時代的なメディアとして誤解されてしまった。この実状を打破するのが、我々本を愛する者たちの役目だ」

　言っていることが理解できなくもない。しかしそれと自分を誘拐することが、なんの関係があるというのだ？

「実状の打破にはなにが必要か？　それは、文学でありながら、大衆にも理解できる超絶なエンターティメント性を併せ持つ芸術と娯楽の美しき融合作品だ。それを書くことができる、文壇の救世主だ！」

声に熱がこもり始めた。いびつな熱ではあったが。

「僕は一億冊の本を読んできた、その中で君を見つけた！　菫川ねねね、君なら、それが書ける！　人類史上に残る大傑作が！」

毬原は、ねねねを指さして大声をはりあげた。次の瞬間、ふっとその手がエスコートするように開かれる。

「……だが今は、まだまだ未熟だ。僕はそれを手助けしたい。君の、まだ気づかない君の魅力を引き出したい。わかるかい、ポォォォル……？」

「それでユーカイしたの、私を……？」

ねねねの顔からは血の気が引いていた。どこまで本気かと疑っていたが、どこまで正気かと考えるべきだった。

「あんた……狂ってる……」

やっとの思いで絞り出した言葉が、それだった。

「……オーケイ。まずはそこから始めよう」

毬原の視線が、シザーハンズに向けられた。

それだけで、シザーハンズはもう動いていた。ねねねの手に手錠をかける。

「なっ……なにっ……!?」

具体的な拘束で、ねねねの中の恐怖感が倍増した。

「時に狂気は、通常では生み出しえない芸術を作ることがある。実際、君に足りないものの一つはそれなんだよ」

突き飛ばされ、ねねねが床に倒れる。

「君の作品はハッピーエンドばかりだ……。それはそれで美しいが、デッドエンドもたまには読んでみたい。……それには、まず君が体験しなければ、ね」

寝台から降りようとする毬原に、シザーハンズが声をかける。

「一つ、気になったことがある」

「なんだ？」

興を殺がれたか、毬原は不機嫌を隠しもせずにシザーハンズを見た。

「このお嬢ちゃんをさらう時、紙使いの女が現れた」

「紙使い⁉　女⁉」

予想外な言葉の登場に、毬原が眉をしかめた。

「大英図書館の紙使いは、男じゃなかったか？」

「そのはずだがな。だが、連中がからんでいる可能性があるとなると、油断はできん」

「ふむぅ……」

毬原は、一瞬考え込む表情になった。

床に倒れたまま、ねねねは会話を聞いていた。女、大英図書館、紙使い……。単語が錯綜して、ある女性の姿を連想した。しかし、まさか……。

シャツの胸ポケットを見る。あの栞には、ユニオンジャックが描かれていた。

彼らは、読子について話しているのだろうか？

「彼女ほどの逸材になれば、大英図書館が目をつけても不思議はないな。連中は、本のことになると手段を選ばないからな」

毬原が、自分のことを棚にあげてコメントする。

「なんにせよ、注意は必要だ。シザーハンズ、情報屋に連絡を取ってその女のことを調べさせろ」

「わかった。あんたは？」

「……もちろん、彼女を教育する。人類史上もっとも偉大な作家にな」

ねねねは生唾を飲み込んだ。狂ってる。ストーカーなんてとんでもない。遙かに質の悪い狂人だ。自分のなにが、こんな男を引き寄せてしまったのだろう？

なにもかもが崩れそうな絶望感の中で、ねねねの味方は昨夜、読子から渡された栞だけだった。

読子がお守りだと言っていた、あの栞。

この紙一枚が、彼女の支えだった。

「お客さん、昨日会ったでしょ？」

タクシーの運転手が話しかけてきたが、読子は黙ったままナビゲーション用のプレートを睨んでいる。

「ほら昨日、あの学校の前で女の子乗せたら、追いかけてきたでしょ。走って」

運転手は一人で喋っているが、読子はプレートから目を離さない。

「そこの角、曲がってください！」

時折運転手に方向の指示を出すだけだ。たどり着く先がどこなのか、読子にも詳しくはわからない。

プレートには、簡易な地図と赤い点が表示されている。赤い点は、昨夜ねねねに渡した栞が発している信号だ。あの栞は、大英図書館のエージェントが、携帯を義務づけられている非常用の発信器なのである。リボンは超極細のファイバーで編まれているのだ。

読子は、ねねねが栞を持ち続けていたことに感謝した。これで位置はわかる。位置がわかれば、救出の可能性も高まる。

後部座席、読子の隣でガタガタとスーツケースが揺れていた。手持ちの武器はこのケース一つぶん。あの刃物を飛ばす男とどれだけ渡り合えるかはわからないが、行くしかない。一秒遅れれば、それだけねねねの危険が増していくのだ。

読子はふと、思い出した。

あの男は、紙使いを知っていた。

「……俺が前に戦ったザ・ペーパーは男だったがな。あいつはどうした？」

先代のザ・ペーパー——ドニーのことを知っていた。

あの一言が、読子のスキを作ったのだ。

だが今度は、スキを見せるわけにはいかない。今度は間違いなく、命取りになる。

強い意志の力が必要だ。

緊張する読子は、信号の発信源がいよいよ近づいてきたことを知った。

タクシーのフロントガラス、その向こうに巨大な倉庫が見えてきた。


倉庫は郊外の、ずいぶんな田舎(いなか)にあった。

周囲は田畑と空き地である。昼来ればさぞかしのどかな風景だろうが、日も沈んだ今となっては寂しいかぎりだ。

その寂しい土地の中に、倉庫は巨体を横たえていた。陸(おか)にあがった鯨(くじら)のように。

「ほんとにここでいいの?」

不審げな顔のまま、運転手はタクシーを停めた。読子は注意して、倉庫からやや離れた場所で降りることにしたのだ。

「じゃあ、あのコにもよろしく」

料金を払い、車を降りた読子に、運転手がなにげなく言葉を投げていく。

そのねねが、この倉庫に捕らわれていると知らずに。

プレートで最終位置の確認をする。

間違いない、栞はこの倉庫の最奥部にある。

倉庫には、『イースター出版』の看板がついている。確か、数年前に倒産した出版社だ。おそらくはその、在庫用倉庫だったのだろう。現在、なにが行われているかは不明だが。

読子は地面にスーツケースを倒して、開いた。

ケースの中は、ぎっしりと詰め込まれた本だった。一〇〇冊近くはあるだろうか。読子が持ち歩いている本は、コートの中だけではなかったのである。

さらにケースの中には、仕切られたコーナーがあり、そこにはステーショナリーグッズが雑然と押し込まれていた。メモ用紙、単語帳、折り紙と、近所の文房具屋で揃いそうなアイテムが並んでいる。読子はそれを無造作につかみ、コートの内ポケットに放り込んでいく。

ドニー……。

上蓋の裏部分についたジッパーを下ろし、封筒を取り出す。その表面には『DANGER』の文字と、大英図書館のシンボルマークがプリントされていた。

特殊な事態にのみ使用が許可される、大英図書館開発部が作り出した〝戦闘用紙〟だ。

読子はコートの内ポケットから何冊か本を取り出し、かわりにその戦闘用紙を差し込んだ。

取り出した本はケースに入れ、

「ごめんなさい、ちょっと待っててくださいね」

と声をかけてから、スーツケースごと茂みの中に隠す。

「ふはぁ……」

改めて倉庫に向き直り、大きく息をつく。準備は整った。

コートの外ポケットに手を突っ込むと、ねねねの『猫のいる街角で』が出てきた。サインをもらおうと、ずっと持ち歩いていたのだった。

裏表紙の著者近影で、ねねねは変わらず笑っている。

助けなければいけない。もう一度、この笑顔を取り戻すのだ。

ドニー……。見ててね。

読子は本を胸ポケットにしまい、メガネのポジションを整え、歩き始めた。

風に煽られて、コートが舞った。


読子は倉庫の横側にまわり、幾つかある扉の前に立った。

横開きの、鉄製の扉を頑丈そうな錠前が結んでいた。月光を頼りにしげしげと見ると、その錠前が奇妙に綺麗なことに気づく。それはデザイン、造作のことではなく、単純に〝キレイ〟なのだ。錆や汚れの一つもない。長期間、放置されているとは思えない新しさだった。

最近、ここに出入りしている人間がいる。倒産した出版社の倉庫を、何者かが使用しているのだ。

読子は単語帳の一枚をちぎり取り、人差し指と中指で挟んだ。

そのまま軽く手を上げ、一気に振り降ろす。高い金属音が、月に響いた。

侵入した倉庫の中は、独特の匂いがした。

大量の紙と、埃の入り交じった匂いだ。

パレットと呼ばれる木の板に、本が積みあげられている。

出版業界を海とするなら、ここは日の届かぬ深海である。マリンスノーのごとく本に降り積もった埃の中では、時すら止まっているかに思える。

しかし読子には、その静けさも心地よい。生まれた時から、彼女はこの中――――本の海で育ってきたのだから。それがたとえ、一度として人に開かれることが無かったとしても、本は本であるだけで彼女に愛されるのだ。

山積みとなった本が、背丈を遙かに超える高さで連なっている。それは書籍でできた迷宮だった。

読子はすぐ近くに積まれた本を一冊手に取った。書名は『GO！　GO！　ランバダ！』。思わず苦笑が漏れた。流行の瞬間最大風速を狙って出した本なのだろうが、結果的に倒産を早める加速剤になったのだろう。

「おいっ、なにやってる」

そんな読子に、声がかけられた。

振り向くと、スーツの男が立っていた。あの、刃物を操る男ではない。

仲間がいるだろうと予想はしていたが。

「おまえ……！」

読子の姿を見て、それが仲間ではないと気づいた瞬間、男の腕が懐に潜った。

スーツ上からの形状で、ホルスターがあるとわかる。

読子は手に取っていた『GO！　GO！　ランバダ！』を開いた。

男が銃を構えるのと、読子がページを破ったのはほぼ同時だった。銃口から弾丸が発射される。破られたページが宙を舞い、落ち葉のように空間を埋めた。

「！」

男は絶句していた。連射した弾丸は、全てそのばらまかれたページに吸い込まれたからだ。本来紙など楽々と貫いて相手を射抜く弾丸は高い音を立てて紙にぶつかり、その身を半分ほど埋めて床に落ちた。

「なっ……！」

男が驚愕の声を出す。なぜ、紙が!?

読子はそこで生まれた優位性を十分に利用して、次のアクションに移る。

指先が『GO！　GO！　ランバダ！』から帯を抜き取った。しゅるると外したそれを、手首を返して男に投げつける。帯の紙は円を描きつつ飛び、男の顔に貼りついた。

「うっ、うああっ!?」

帯はちょうど、目の線を覆って巻きついた。視界を奪われ、男が顔をおさえる。なにが起こっているのかもわからなかった。

読子はつかつかと、狂乱状態になりかけている男に歩みよっていく。男は『灼熱のセニョリータに胸騒ぎの腰つき！』と書かれた帯をむしり取ろうと、顔に爪を立てていた。

読子は近くの山から本を一冊抜き取り、

「……すいません」

その角を、男の頭頂に思いっきり振り下ろした。

「ぐあっ⁉」

苦悶（くもん）の声をあげて、男が倒れる。本の角はまさに凶器だ。それは時に鍛（きた）えた武闘家の拳（こぶし）に匹敵する破壊力を持つ。

「……あ、他に何人いるのか、聞いとけばよかった……」

あちゃ、という顔で読子が口に手を当てる。

しかし彼女の疑問は、早々に解決した。

「なんだ今のっ！」

「銃だ！」

銃声を聞きつけた仲間たちが、近づいてきたのである。

「あ……いけない……」

読子は音もなく歩み去った。本の山の、陰へと。

「なんだこりゃ？」

シザーハンズと、毬原の部下が二人、読子に倒された男の側に立っている。

外傷はない。気絶しているだけだ。

シザーハンズは一目でそれを見てとった。

周囲に散乱している本のページ。その中から、目当ての一枚を探し当てる。

弾丸がめりこんだ一枚だ。持ち上げると同時に、弾丸の重さで紙がくたっ、と曲がった。紙使いの能力から解放されているのだ。

間違いない。あの女だ。どうかぎつけたか知らないが、追ってきている。

「あの女……もう、入ってやがる……」

何人かの情報屋を当たり、正体はつかんだ。ザ・ペーパーになった経緯も、ある程度は把握(はあく)した。外見こそありふれているが、恐ろしい女だ。

「女?」

事情を知らない部下が、シザーハンズの声に首をかしげる。

ここは、毬原が持つ幾(いく)つかのアジトの一つである。田舎(いなか)にあるせいで人目にもつかないが、詰めている下っ端(したっぱ)も少ない。毬原は本と戯(たわむ)れる時、周囲に人がいるのを嫌うのだ。

大英図書館のチームが、本格的に攻めてきたらひとたまりもない。

逃げる算段をしたほうがよさそうだが、毬原はしばらくここを動きたがらないだろう。厄介(やっかい)なことになった。

自分一人で逃げてもいいが、毬原が捕まれば報酬(ほうしゅう)が手に入らない。

「ちっ……」

となると、あのガキを人質として使うのが有力な手段だ。

「倉庫の中を見回れ。女と、紙に気をつけろ」

最低限の言葉を残して、シザーハンズは毬原の部屋に向かった。

いたぶりすぎてなきゃいいが。


男が本と本の間を歩いている。

見てまわれといっても、たった二人でなにをどうしろというのか。

倉庫の中にある本はざっと九〇〇万冊。

八メートルはある足場に板が渡してあり、ブロックごとに仕切った中に本が山と積まれているのだ。

街の路地を歩いているのと、感覚的には変わらない。

「…………………」

ボスが雇った、シザーハンズとかいう用心棒は、女に気をつけろと言った。

侵入者は女なのだろうか。それなら、なにを恐れることもない。

たかが女、銃さえあれば赤子の手をひねるようなものだ。

「…………………」

いや、殺す前に楽しんでもいい。愛読しているバイオレンス小説を真似(まね)て、屈辱(くつじょく)的なプレイをさせてみようか。男の脳裏(のうり)に暗い喜びの炎が点(つ)いた。

男はおもむろにタバコを取り出し、マッチで火を点(つ)ける。マッチでなくてはならないのだ。ハード&バイオレンスが信条なのだから。

「!」

マッチの火が風で、脳裏(のうり)の炎が音で揺れた。風も音も、背後からやってきた。

銃を構えて振り返ると、在庫本の山が崩(くず)れている。無理に押し込んでいた本が、バランスを失ったようだ。

「………ちっ……」

次の瞬間、空気を裂く音が聞こえてきた。

「!?」

タバコの先が、地面に落ちた。灰になって落ちたのではない。飛んできたなにかに、両断されたのだ。

そのなにかは、通り過ぎて在庫本に刺さった。

「っ!」

飛んできたものの正体を知り、男は目を見張った。それは、破られた文庫本の一ページだったからだ。それが、手裏剣(しゅりけん)のように刺さっている。

男の反応は素早かった。銃を持ちなおし、紙の飛んできた方向に発射する。

「…………」

銃声がおさまると、入れ代わりに静けさが訪れた。

「……やったか？」

その言葉が終わらないうちに、また紙が飛んできた。今度は四枚、縦に横に空気を両断し、回転しながら来襲した。

「ちいっ！」

男は腕を立てて顔をかばう。目をやられたらおしまいだ。四枚の紙は、男の袖と股を少し切り、後方へと流れていった。

「うおっ、おっ！」

怒りにまかせて、闇の中に何発も撃ち込む。

「…………」

当たった様子はない。その証拠に、またも紙が飛んでくる。

「きっ、きさまぁっ！」

男は闇に向かって駆けだした。半分やけくそではあった。だが、この奥に相手がいることは確かだ。距離を詰め、捕まえればこっちのものだった。

「うおおっ！」

銃を撃ちながら走った。飛んでくる紙が、頬を裂いて血を流した。

「！」

走った先で、男は愕然とした。紙が、飛んでくるのが見えたからだ。問題は、その飛んでくる方角だった。

紙は、書棚の角から飛んできたのである。棚の脇道から九〇度、カーブしながら飛ばされていた。彼が撃った弾丸は、すべて無駄ダマに終わっていたのだ。

「ぬっ！」

肩に、飛んできた紙が刺さった。しげしげとその紙を見つめると、端の一辺が折られている。これで、曲がる角度を調整しているのだ。

「ふざけやがって！」

逆上した血は、すぐに残忍な優越性へと変わった。

トリックがわかった以上、あの曲がり角に銃弾を撃ち込めば、勝負は終わりだ。

男は身を屈め、上方を紙が通りすぎるのを見送った。これも、要は狙い撃ちではなく、数にまかせたあてずっぽうだったのだ。

男は角に飛び出した。

そこには、メガネをかけた女――読子が立っていた。男は外見の意外さに、ほんの少しだけ戸惑ったが、銃口を彼女から外すようなミスはしなかった。

「王手だ！」

だがしかし、読子は奇妙に冷静だった。反射し、瞳を見せないメガネの奥から、男をじっと見つめている。

「王手詰み、です」

読子が答えると同時に、男の背中に激痛が走った。

「ふぁっ！」

背中に、紙が刺さっていた。両端を折られた、紙が。最後の一枚は、男の頭上を通り過ぎ、さらにブーメランのように反転して、帰ってきたのだ。

「ぐおっ！」

どう、と男が倒れる。読子は、それを見下ろして言った。

「降伏してください。降伏するよう、全員に伝えてください」

諭すような、声だった。高校の時、非行化していく自分を最後まで心配した女教師を思い出させた。

「くそっ……たれ……」

あの女教師に投げつけたのと同じ言葉を残し、男は気絶した。

読子の顔が、残念色に染まっていった。


ねねねは、寝台に転がされていた。

その傍らには、毬原が添い寝をするかのように横たわっている。

寝台は奇妙に固く、手首にくいこむ手錠と共に、ねねねの肉を苦しめた。

「……気分はどうかな、ポォール？」

「……やっとわかったわ。その〝ポール〟の意味が」

「ほう？　言ってごらん」

「キングの『ミザリー』ね」

毬原は、嬉しそうに頷いた。

『ミザリー』は、スティーブン・キングのベストセラー小説である。

人気作家ポール・シェルダンは交通事故を起こし、通りがかったという女性アニーに助けられる。ポールの大ファンだというアニーは自宅で彼を看護するのだが、やがて彼が完結させた『ミザリー』シリーズを再開、執筆するように強要してくるのだ。暴力と薬物で責め立てられ、ポールは無理矢理に『ミザリー』を書かねばならなくなる。

狂的なファンに捕らわれた作家の恐怖。それは今まさにねねねが置かれた状況そのものだった。

「さすが。よく読んでるね」

「読んでないわ。映画で見たの」

素っ気ないねねねの返答に、毬原が口を歪めた。

「あいつは、足を折られて小説を書かされてたけど、私は絶対に書かないからね」

ねねねは力をこめて、毬原を睨んだ。

「…………どうして?」

「人に強要されて、無理矢理書かされても、ロクな話は書けないわ。だってそこには、自分がいないんだもの。そんな小説、生まれるだけかわいそうよ」

ねねねの断言に、毬原の顔が変わる。無表情に。

「私は確かにハッピーエンドしか書けなくて、世の中に問題を投げかけたり、どっかのエラい人に褒められたりする本なんか出したことない。でもね、これだけは言える。一三歳の時からずっと、一本一本、自分の全部をつぎこんできたの！　みんなが遊んでる間にも一人で悩みまくって、カレシも作んなくて、ツキアイ悪いって陰口叩かれても、小説のことばっか考えてきたのよ！　それだけが私のプライドなの！　あんたみたいなド変態になにされようと、アルファベットの小文字一コでも書いてやるもんか！」

一気にまくしたてられたねねねの言葉は、部屋の中に空虚に転がっていた。

「…………！」

毬原は、ねねねの顎をつかんだ。それ以上言葉が出ないように、力をこめて絞り上げる。

「……だから、お勉強が足りないんだ……。ちゃんと、小説も、読んどかないとな……。小説版のシェルダンは、足を斧で切り落とされて、切り口に火を押しつけられるんだ」

「⁉」

「そこまでされても、まだ同じことが言えるかな？　楽しみだなぁ……」

毬原の言葉中に、狂気の色が濃くなり始めた時、部屋のドアが開いてシザーハンズが入ってきた。手にはA４版だろうか、紙を持っている。

「……なんだ？」

「……紙使いが、追ってきた」

「⁉」

毬原の手が、ねねねから離れる。

「大英図書館は？」

「わからん。まだその気配はない。だが、逃げるなら急いだほうがいい。そのガキを人質にして……」

「いや、ダメだ！」

毬原が、大声で手を振りながらシザーハンズの意見を拒絶する。

「ダメだダメだダメだ！　ここでなきゃ！　まだ、済んでいない！」

「逃げた後でいいだろう」

「ダメだ！　ここでないとダメなんだ！　……シザーハンズ、おまえが行け！　紙使いを倒してこい！　その間に……」

その間に、なにをするというのか？　ねねねは問いただす勇気が出なかった。

「ちっ……早くすませろよ。紙使いだけならともかく、一斉に来られるとヤバいぞ」

シザーハンズが、手にしていた紙を毬原に突き出す。

「あの女の、情報だ。……甘く見ないほうがいいな」

FAX用紙の端々が切れている。シザーハンズが読んだためだろう。

毬原が文面に目を落としている間に、シザーハンズは出ていった。

文章を読み終えた毬原が、歪んだ笑い声をあげる。

「あぁ!?　なるほど、こいつはいい、さすがはザ・ペーパーだ！　そうでなくちゃ本は愛せないよなぁ！」

　ねねねは口に溜まっていた唾を飲みこんだ。

　シザーハンズは身を返し、部屋から倉庫の中へと向かう。

　意外だったが、どこかで楽しんでいる自分に気がついていた。

　顔に手を当てる。教室で、あの女につけられた傷。血は止まったが、新たな傷として残るだろう。

　そして皮肉にも、顔の反対側には別の紙使いにつけられた傷がある。やはり大英図書館の、男の紙使いと戦った時だ。

　あの男と、あの女。シザーハンズの前に現れた二人の紙使いは、上下巻の本のような関係にあった。

　好都合だ。上巻の伏線は、下巻で活きてくる。男への借りを、女で晴らすのも悪くない。あの女は、それだけの腕を持っているのだから。

　大英図書館の紙使い――ザ・ペーパーと戦えるという事実は、シザーハンズの身体を興奮させた。

　彼の肉体に埋め込まれた一〇〇〇枚の刃物も、主人と同じく喜びにうち震えた。

「でぇりゃやああっ！」

読子は、振り向くと同時に身を反らせた。その一センチ横の空気を、刀が切り裂いていった。コートの端が逃げ遅れ、三角形の布片となって落ちる。

毬原の手下が、いきなり日本刀で斬りかかってきたのだ。相手の武器は銃ばかりと思っていたのは、読子の油断だった。

憤怒と興奮が、等しい割合で男の顔を赤く染めていた。

「死ねぇぇぇっ！」

なんの文学的比喩もない、直接的すぎる言葉を投げつけてくる。しかし目下問題なのは、彼の感受性よりも手にした刀身だった。

空気が裂かれる音がする。読子は間一髪でそれをかわしていくが、体捌きだけでは、この狭い通路で追い込まれるのも時間の問題である。

「どうりゃあぁっ！」

刀の切っ先が、在庫本の山にもぐりこむ。本を括っていたビニール紐が、ぷつぷつと切れていった。本の側面に、ミミズ腫れにも似た傷がつけられる。

「ぬっ!?」

切っ先は思ったより深みまで達したと見え、男の動きが一瞬止まった。刀を抜こうと、全身で力む。そのスキは、読子にとって値千金のチャンスとなった。

「失礼します！」

読子はコートの内ポケットから、スポーツ新聞を取り出し、広げてくるくると丸める。三秒とかからずに新聞の棒が完成した。ほぼ同時に、男が刀を抜き取った。

「だああっ！」

「はいいっっっ！」

斬りかかってくる刀を、読子が新聞で防ぐ。

「!?」

自分の刀を止めたもの、その正体を知って男があんぐりと口を開く。

「でっ、でぇぇっ」

斬撃のかけ声にも、困惑が混じった。

「はいっ！」

読子は新聞を立て、寝かせ、刀を受け止める。身をかわすことには限界があるが、こっちも長物を持てば応戦もずいぶんかわってくる。

「ふぬっ！　ふぬふぬっ！　でぇぇいっ！」

男の攻撃が、力まかせになってきた。刀で、丸めた新聞紙と斬り合っている、その自分の置かれた状況になにか理不尽な怒りを覚えたのだろう。力でおされ、読子の形勢がやや不利になる。

「ちょ、ちょっと、……待ってくだ……きゃっ！」

新聞の表面がびしびしとちぎれ飛んでいく。戦いが長引くと、やはり体力的に読子のほうが劣ってしまう。

「だしゃああっ！」

男の力まかせの一撃が、ついにスポーツ新聞を両断した。斬られた上半分が宙に飛ぶ。

自分の勝利を確信し、男が笑った。しかしそれは、犯してはならないミスだった。

「!?」

読子は、落ちてくる新聞を宙でつかんだ。丸められていたそれを一気に引っ張る。

男の前に、巻物を開いたような新聞面が広がった。何面も、何面も。

「!?　!?」

超大作映画製作発表。プロ野球選手と元レースクイーンが婚約。アイドルのデビューイベントに四〇〇人のファンが殺到。

扇情的な記事と写真が、男の視界を遮った。

「ぬうっ!?」

男は刀で横殴りに新聞を払った。しかしその向こうに、もう読子の姿は無い。

彼女は男の後ろにまわりこみ、大きく振りかぶっていた。手には新たな武器を持って。

男の後頭部を、その武器が来襲した。盛大な、乾いた音をたてて、男がくずおれる。

「がっ……」

刀が手から離れ、床にカランカランと転がった。

読子はほうと息をつき、手にしていた武器――ハリセンを床に放った。

ただのハリセンではない。大英図書館開発部が研究を重ねて作り出した特殊品だ。

強度、破壊力に優れ、なおかつ軽量とくれば、どこの国でも欲しがることだろう。

「さん、にん……これでおしまいでしょうか？」

一人ごちた読子に、拍手（はくしゅ）の音が聞こえてきた。

「見事な腕だ、紙使い」

通路の奥に、シザーハンズが立っていた。

山と積まれた本にもたれて、手を叩いている。

「あなた、あの……」

「そう言えば、名乗ってなかったな」

ゆらりと離れ、床に垂直に立つ。さっきまでもたれていた本から、紙片がはらはらと落ちていった。

「俺はシザーハンズ。おまえと同じ、特殊能力の持ち主だ」

ひゅん、と手を一閃（いっせん）させる。ば、と本が千切りになって宙に舞った。

「……気づいてるだろうが、教えてやる。俺の身体には大小一〇〇〇枚の刃物が埋め込まれてる。それが武器だ」

読子はシザーハンズとの間合いを測りかねていた。喋（しゃべ）りながらも、彼は決してスキを作らない。むしろじわじわと、読子に近寄っている。

「紙使い。大英図書館の連中はなにしてる？　他の連中は？」

「来ません……私、一人です」

この答えは彼にとって意外だったらしく、演技でなく口を丸くする。

「おまえ一人⁉　どうしてまた⁉」

「菫川先生を、助けるためです」

そろそろと、読子の手がコートの内側に伸びる。シザーハンズはこれまでのザコとは違う。より強力な戦闘用紙を使う必要があった。

「正気か？　あんなガキ一人のために？」

「ガキではありません。私にとって、大切な人です」

「大切なのは、あいつの書く本だろうがよ！　紙使いはみんなそうだ！」

読子の指は封筒にたどりついた。

「……先生は、どこです！」

「この先の部屋だ。俺を倒したら行くがいいさ。それまでに、どんな目にあってるかはわからんがな！」

「……どういうことですか？」

「ガキに聞いてないのか？　ポール・シェルダンだよ」

フルネームを聞いて、読子は全てを理解した。

「！」

封筒から一気に紙を引き出し、構える。

「楽しもうぜ、紙使い！」

　シザーハンズが大きく口を開いた。舌の上に、直方体の鉄が乗っている。それは、重ねられたカミソリだった。

「えぁぁぁっ！」

　奇怪な咆哮と共に、カミソリが口から発射される。それは宙を切り、風を裂き、読子に猛進した。

　一方の読子も、戦闘用紙一六番『ワイルド・ブリット』を放り投げる。一枚の紙だったそれは、風圧で一枚が二枚、二枚が四枚、四枚が八枚……と次々に分かれていく。

　二人の間の空間で、無数のカミソリと紙が交差した。あるものは切り裂かれ、あるものははたき落とされ……。

　瞬時のコンタクトを終え、くぐり抜けたカミソリが読子に飛来する。読子は横に思いっきり飛び、床に転がった。

　立っていた場所に、無数のカミソリが突き刺さる。あれをくらえば、ひとたまりもないだろう。

「……っ!?」

　向き直った読子は驚愕した。シザーハンズは、その場に悠然と立っていたからだ。まったく、微動だにしていなかった。

「おまえの可愛い紙は、全部俺が叩き落としたぜ」

　優越感に満ちた笑いが、読子に投げかけられる。

「じゃんけんだよ、ザ・ペーパー。おまえが紙で、俺がハサミ。勝てるわけがないだろうが！」

言うがはやいか、その指先が積み上がっていた本の荷紐を切断する。

そびえる本の摩天楼はバランスを崩し、雪崩のように読子の頭上に降り注いだ。

「本の下敷きになって死ぬなら本望だろ！」

仰ぎ見るヒマもない。読子は戦闘用紙九番『グレート・ウォール』を引っ張り出し、頭上に掲げる。

複雑に折り畳まれていたそれは、中央からわらわらと広がり、ドーム状の骨組みとなった。間髪入れず、その上に本の雨が降り注ぐ。

紙の骨はたわみ、きしみ、悲鳴をあげたが、どうにか持ちこたえた。読子が飛び出ると同時に、積み重なった本の重量に耐えかね、潰れていく。

「やるな、ザ・ペーパー……」

「おそれいります……」

ふざけているわけでも、挑発しているわけでもない。どんな相手でも、敬語を使ってしまうのが読子なのだ。

しかし彼女にしても、おとなしく守勢にまわっている気はない。

袖から両の手に、紙がスライドしてくる。

読子はそれを、目にも留まらない指さばきでそれぞれ折り、畳み、二機の紙飛行機を作り上げた。

「失礼！」

手首を一閃させ、シザーハンズに向かって投げる。

しかしシザーハンズは迫りくる紙飛行機に向かって、足を蹴り上げた。爪先が、横倒しになった8の軌道を描く。

読子の紙飛行機は空中で両断され、床にぽとりと落ちた。

「どうしたどうした！　ザ・ペーパー！　もっと強いとこ見せてみろ！」

シザーハンズは狂的な笑いを浮かべ、読子にずかずかと歩み寄ってきた。

「おまえは強いんだろ⁉　本が好きなんだろ？　紙が武器なんだろ⁉」

歩きながらコートを脱ぎ捨てる。

それは、異様な腕だった。肘から手首までの上半分が、金属なのだ。

「見ろ！　これが俺のシザーハンズだ！」

手首を中心にして、腕が半回転する。金属部分がぱっくりと剝がれ、前方へと飛び出した。

手のひらは一八〇度回転し、冗談のように手首をつかむ。

飛び出した部分は、鎌の刃のように光っている。

たちまち両腕が、武器になった。ハサミ状の武器に。

「…………………！」

読子は呆気に取られて、それを見た。子供向けのヒーロードラマに出てくる、怪物のようだった。恐怖よりも驚きのほうが心を満たしている。

いろいろなエージェントを見てきたが、ここまで自らの身体を変質させている者は初めてだった。

「斬る(KILL)!」

シザーハンズが、その名のとおりの腕を横に払う。読子は慌てしゃがんだ。書棚の柱が両断され、大きくきしんだ。

「斬る(KILL)!　斬る斬る(KILLKILL)!」

当たるを幸い、シザーハンズが本を、書棚をなぎ倒していく。鋭利な切断面は、その切れ味も恐るべきものだと証明していた。

読子は後ろ向きに逃げながらも、コートの中から戦闘用紙二七番『ブローン・アウェイ』を取りだそうとした。

しかし背後に注意を向けられなかった彼女は、ここで致命的なミスを犯してしまった。

行き止まりの通路に追い込まれたのだ。

「ペ——ェェ、パーァァ……」

ライトの逆光を背に、両腕を広げるシザーハンズの姿は、ホラー映画に出てくるモンスターのそれだった。

シザーハンズはゆっくり、ゆっくりと、一歩一歩を楽しむように近づいてくる。

頭上で腕の刃を交差し、巨大なハサミの形を作る。刃の部分が擦れあい、小さな火花と甲高い金属音が宙に飛んだ。

「首を切り落としてやる、ザ・ペーパーァァ……」

本の山を背にした読子に、シザーハンズの影が迫る。

「……こっちがおまえのつけた傷……」

シザーハンズの右頰（みぎほお）で、傷が虫のようにのたくった。読子が、垣根坂高校の教室で紙を飛ばして作った傷だ。

「そしてこっちが、あの男のものだ……」

読子のつけたものとちょうど反対側、左頰の傷が動く。

あの男とは、おそらく先代のザ・ペーパー──ドニーのことだろう。

「……あなたは、ドニーと戦ったのですか？」

追いつめられていながらも、読子が強い意志をこめた視線でシザーハンズを見返す。

「ああ。クソ正直で、バカ真面目（まじめ）なヤツだった。俺もヤツの背中に、傷をつけてやったぜ……ヤツは今、どうしてる？」

あるいはこの言葉が、刃物より読子を傷つけるかもしれない。シザーハンズの目的はそこにあった。彼女自身の口から、事実を語らせるのだ。

読子は固い表情で、口に溜まった苦い唾（つば）を飲み込んだ。

この後に言うことは、他のどんなことよりも気力を必要とする。読子の中の、ありったけの勇気と覚悟と意志が動員された。

「ドニー・ナカジマは、死にました……」

あれだけ覚悟を決めながらも、この一言を言うのは辛い。身体中の隅々まで悲しみがあふれかえり、体温が急激に下がった気さえする。

「死んだ？　どうして？」

シザーハンズは容赦のない質問を重ねてきた。答えは既に知っている。肝心なのは、読子に思い出させることなのだ。

読子は苦悩の海に溺れていた。昨夜、ねねねの部屋で同じように聞かれたら、自分はどうしていただろう？

「………………」

答えなければいい。嘘をつけばいい。そうすれば、これ以上傷を作らないですむ。

しかしそれは、彼女とドニーとの間で、確かに存在した絆を裏切ることになる。自分も、彼も欺くことになる。

それだけは嫌だ。この世でたった一人、本と同じくらい好きになった人。紙使いとしての師、読子・リードマンとしての恋人、尊敬し、憧れた先代のザ・ペーパー。

そして、誰よりも本を愛し、少年のように笑った人。

読子はだから、真実を言わずにはいられない。

「私が殺したんです。ドニーを。ザ・ペーパーになるために」

身体を切り裂かれるより、遥かに痛かった。言葉とは、これほど残酷になれるものか。

「……ハッ！　ハッ！　あいつが！　女に！　おそろしいヤツだな、紙使い！」

どんな攻撃よりも、その嘲笑は応えた。読子は自分が崩れ落ちそうになるのを必死で堪えていた。まだだ。まだ早い。

シザーハンズの中に、快楽が満ちていた。隙を作るための尋問が、狂喜に変わっていた。

情報屋が記した言葉で、最も興味を引いた文章。

『……先代、ドニー・ナカジマを殺害、一年後に一六代ザ・ペーパーに就任。なお、ドニー・ナカジマと彼女は非公認ながら恋愛関係にあったとみられている』

見ればわかる。読子の目に映った絶望が証明している。真実だったのだ！

「あの世でドニーに謝るがいい！」

シザーハンズは高らかに笑い、交差した腕を構えると、読子に向かって突きだした。

「死ねぇぇぇっ、ザ・ペーパ――――ァァァァ！」

「！」

だがしかし、それが読子の狙っていたチャンスだった。読子は身体を垂直に、床に向かって沈ませた。

「ぬっ!?」

シザーハンズが困惑の顔を作る。読子の身体は沈んだが、彼女のコートは残ったままだったのだ。襟首のところに、紙を小さく折り畳んで作った楔が引っかかっている。それは、背後の本の山を縛った紐にかけられていた。ハンガーに通したように、コートはその場にぶら下がっている。

読子の頭上、一センチもない空間を、シザーハンズのハサミが貫いていく。逃げ遅れた読子の髪が、数十本ほど犠牲になった。

ハサミの先端は、コートの裏地に突き刺さった。

床に座りこんだ読子は、そのまま身体を横倒しにして、シザーハンズの足下から転がり逃げる。

往生際の悪い！　シザーハンズの心中が怒りであふれた。あの女の使う紙が、このコートに入っているのは百も承知だ。コートを捨てたということは、丸裸も同然である。

一撃でしとめてやろうと思っていたが、いたぶり殺してやるぜ！

それだけの思考を終えて、シザーハンズはコートに刺したハサミを抜きにかかった。その時、初めて彼は自分がコートと同時に、紙を刺していることに気づいたのである。

それは、コートの裏地に貼り付けられた黒っぽい紙だった。よくよく見ると、なにやら粉のようなものが表面にまぶしてある。

戦闘用紙二七番、『ブローン・アウェイ』である。黒色火薬に特殊な薬品を配合し、紙の上にコーティングする。普段は無害だが、読子の能力でコーティングが溶けると、わずかな火で爆発する〝紙の爆弾〟なのだ。

「きさっ……！」

シザーハンズの動きは止まらなかった。力まかせにハサミを抜く。刃と刃が擦(こす)れあい、火花が散った。

熱風と火炎が、顔を襲った。

「ぎゃあああぁぁぁぁっ！」

猛火(もうか)は一瞬だったが、シザーハンズの顔を容赦(ようしゃ)なく焼いた。目に飛び込んだ火花は視界を奪い、世界を闇と変えた。

「ぺっ、ぺェエー、パーァァ！　このアマ！」

無闇に振り回した切っ先が、今度は災難を生んだ。それは、本の山をどうにか支えていた紐(ひも)を断ち切ったのだ。

つい先刻、読子に襲いかかった本の雪崩(なだれ)が、今度はシザーハンズの頭上に降り注いだ。

「うっ、うがぁっ！　おああっ！」

凶器となった本が、身体のいたるところを打ち据(す)える。ねじ曲げられた関節から、刃物が飛び出した。

「おっ、おああっ！」

本に押し潰(つぶ)され、自らの刃で自らを傷つけ、シザーハンズは沈黙した。

「……はっ、……はっ、……はっ……」

本の大崩壊(だいほうかい)から逃れた読子は、息を整えてどうにか立ち上がった。

「…………」

身体よりも、精神の疲労のほうが強い。

自分でも、よく動けたと思う。

覚悟を決めていなければ、哀しみに押し流されたことだろう。

ドニー……。

読子は彼が、彼女に残したメガネのフレームに触れた。

かつての持ち主と同じく、古くさく、不格好で、センスがないと言われるが、読子はこのメガネが好きでたまらない。片時も、離れたくないほどに。

「……………コート……」

犠牲にしたコートは、本の山に埋もれている。取り出している時間が惜しい。

読子は、シザーハンズが教えた部屋に向かった。

「真の才能は、絶望を乗り越えてこそ発揮される。わかるかな？」

毬原は、シャツを脱ぎ捨てて上半身裸になった。

「！」

ねねねは目を丸くした。恥じらいなど感じる余裕もなかった。

毬原の上半身には、びっしりとタトゥー、しかも文字が彫られていたからだ。

『あの懐かしきグリーンフィールドに帰ることはできない。もう二度と……』

これは、ねねねの『グリーンフィールドの兄弟』の一文だ。

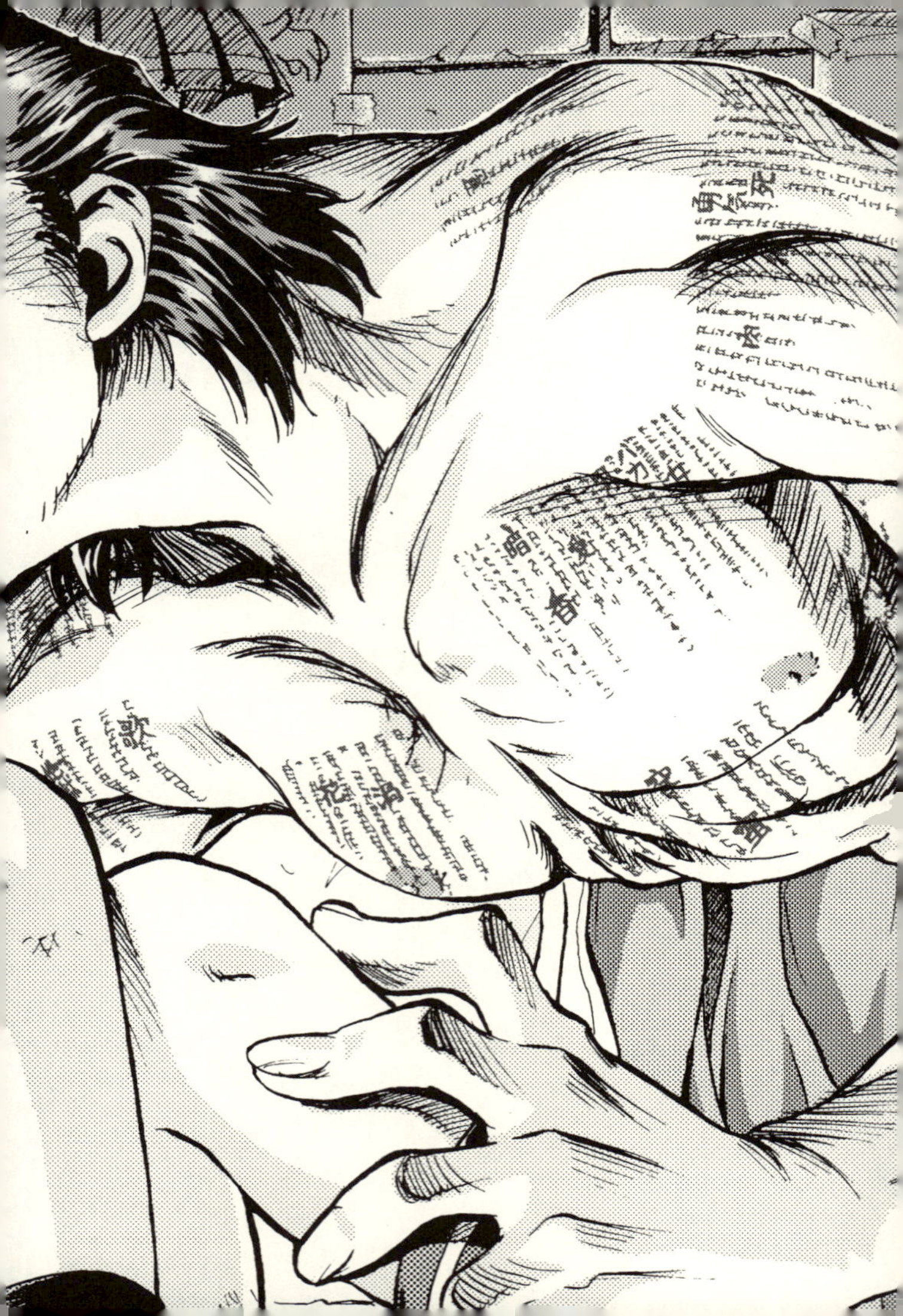

『雨があがった空に、いつまでたっても上達しないギターの音色が響き渡った。星はリズムを取るように、何百光年の彼方でまたたいていた』

これは、『天井裏からラブソング』のフレーズだ。

『……だから僕はそれだけで幸せだった。世界のなにが変わろうと、君が僕を知っている……』

デビュー作の『君が僕を知ってる』だ。

その他にも、いたるところにねねねの著作から引用した文章が彫ってある。

怪談の『耳なし芳一』を連想させるが、現実に見ると不気味このうえない。

「もぉのすごい苦痛だった。わかるだろ? だけど、君の文章をより深く理解するために、我慢したんだ。だって僕は、君のナンバーワン・ファンだからなぁぁぁ」

近づいた顔から、熟しすぎた果実のような甘臭い香りが漂ってくる。

ねねねは限界まで顔を背けてやった。

「近寄るな! なにがファンよ、あんたみたいなのなら、ファンなんていらないっ!」

ねねねの拒絶に、毬原の顔が変質する。

「いらない……? いらないって言ったのか?」

「そうよっ! モーソーするなら、一人で勝手にやっててよっ! 私まで巻き込むなっ!」

毬原が、音立ててねねねの頬を強打する。

「!」

ねねねの顔が赤くなった。

「ファンあっての作家じゃないか！　君は、僕たちのために小説を書いてるんだろっ」

「違うわよっ！」

「じゃあなんのためだっ！」

昨夜、自分でも悩んだ問いだ。まだ結論は出ていないが、少なくともこれだけは言えた。

「他の読者のためかもしんないけど、あんたのためじゃ、絶対ないっ！」

「！」

また、殴られるかと思った。しかし毬原の手は、シーツの端をつかんでいた。

力まかせにめくりあげる。その下に見えたものが、ねねねを驚かせる。

それは、ねねねの本だった。

デビュー作の『君が僕を知ってる』から、最新の『猫のいる街角で』まで……。

一六冊の著作が、びっしりと並んでいた。この寝台は、ねねねの本で作ってあったのだ。いったい、何千冊買ったのだろう……。

「こんなに！　こんなに君の本を読んでるのに！　僕のためじゃないだと⁉　僕は、君のことならなんでも知ってる！　読んできたから、わかるんだ！」

図書室で、読子に聞かされた言葉に似ていた。

「君のことだけ考えてきた！　なのにいらないだと？」

革のパンツが盛り上がっていた。ねねねを前にして毬原は、屹立していた。

「……君の本の上で、君を犯す。絶望が、君の文章をより深いものにするだろう」

きわめて直接的な行為を提示され、ねねねの中に再度恐怖が蘇ってくる。

今度のそれは、今までかわした精神的な衝突ではなく、暴力という圧倒的な現実を彼女に突きつけた。

「……なにが私のため、よ。私の教育よ……結局、それが目的だったんでしょ！」

精一杯の声を張り上げる。が、目と声に怯えがまざっているのは自分でも明らかだった。

「僕は君を知ってる……だから、君にも僕を知ってほしいだけなんだよ」

突然、声のトーンが静かになった。しかしそれは、毬原がどうしようもなく本気であることを物語っていた。

自作の上で、自分のファンに犯される。

一三歳の頃から、すべてを懸けてやってきたことの結果がこれなのか？

父と別れ、恋人も親友も作らず、ひたすらに物語を作ってきたことの結果が？

今まで考えたどんな悲劇より、過酷な状況がねねねを襲おうとしていた。

「愛しているんだ、僕のポール・S……」

毬原は、一度もねねねを本名で呼ぼうとしない。

ねねねの心が、絶望に沈もうとした時。

部屋のドアが開いた。

「後にしろ、シザーハンズ！」

振り向きもせず、毯原が怒鳴る。

「菫川先生から、離れてください」

静かな声が、毯原をたしなめた。

倉庫の灯り(あか)を背に、女が立っている。逆光のシルエットの中、メガネだけが白く光った。

「おまえはっ……？」

侵入者が自分の知っている人間ではないと気づき、ねねねにのしかかろうとしていた毯原がドアを見る。

その下で、ねねねが叫んだ。

「先生っ！」

コートを脱いだ読子・リードマンが、そこに立っていた。

「約束どおり、守りにきました」

「もっと早くこい、バカぁっ！」

安心したのか、ねねねの叫びもどこか力が入らない。目下(もっか)の状況を考えれば、しかたのないところだが。

「ザ・ペーパアアぁぁ……」

毯原にコードネームを呼ばれ、読子の声が固くなる。ねねねに、明かさねばならない時がきたのだ。

「菫川先生……黙っていて、すみませんでした。私は、大英図書館特殊工作部に所属しているエージェントです。コードネームはザ・ペーパー。紙を武器にする、特殊な能力を持っています」

淡々と、事実だけを語る。ねねねはと言えば、言葉の意味をどこまで理解しているのか、驚いたような顔で読子を見つめている。

読子は、改めて毬原に向き直った。

「あなたですね？　菫川先生を脅迫して、誘拐したのは？」

「……彼女を、より完璧な作家にするためだ」

「それは、理由になりません」

読子が部屋に入ろうと、歩を踏み出す。

だがしかし、毬原は意外すぎる抵抗を試みる。

「動くな！」

毬原は、クッションの下から拳銃を取り出し、ねねねに向けた。

「動くと、彼女を撃つ」

ぽっかりと口を開ける黒い銃口に、ねねねの身体が硬直した。

「……あなた、先生のファンじゃないんですか!?」

「……ナンバーワン・ファンだ。彼女のことならなんでも知ってる」

「なのに、先生を撃つっていうんですか？」

「頭と手さえあれば、本は書ける」

読子の周囲の空気がざわ、と揺れたように思えた。

今まで見たことのない感情が、彼女の中に満ちている。

「シザーハンズがやられたのか？　大英図書館は何人来てるんだ？」

なにかを抑えつけるように、読子が口を開いた。

「……大英図書館は、無関係です。今の私は、ザ・ペーパーではなくて読子・リードマン。垣根坂高校の非常勤教師で、菫川ねねねさんのファンです」

じっと、ねねねを見つめる。なにかを祈るように。語りかけるように。

「……ファン？　ただのファンならひっこんでてほしいな。君が彼女のことを、どれだけ考えてるっていうんだ」

読子が、毬原に視線を戻す。

「どういうことですか？」

「ただのファンなんてものは、新刊だけ読んで勝手に感情移入して、あげくに作家の書くものが自分の趣味と少しでも外れれば、手のひらを返したように飽きて離れていくんだ。そういった連中にとっちゃ、作家なんてせいぜい新しいオモチャなんだ。新しく、カッコいいのが出てきたらポイ、だ」

毬原の言葉に、ねねねがぴくんと身を震わせる。

「そんなこと……」

「家に押し掛ける。サインを欲しがる。作品とイメージが違ったら、それだけで怒る」

読子は言葉を返せない。毬原の言うことは、偏見と悪意に満ちていたが、自分の行動の一つを言いあてていたからだ。

「大ファンと言っておきながら、君はどれだけ彼女のことを考えてやれる？　僕は違う、僕は彼女の中に眠る真の才能を引き出すことができる。未来永劫に名を成す作家として、彼女を変えてやれるんだ！」

銃口がかたかたと震えている。興奮で、自分の行動が制御できなくなっているのだ。きわめて危険な状態だ。

読子はしばらく黙った後、静かに言った。

「菫川先生は、あなたの世界の登場人物じゃありません」

こんな声は、出会って初めて聞いた。読子の声はねねねの奥に、静かに染みこんでいく。

「菫川先生が、これからどんな道に進もうと、私は追いかけていくつもりです。歴史に名を残さなくてもいい、名誉ある賞をもらわなくってもかまいません。だってそれは、菫川先生が自分で考え、自分で決めて、自分で書いた本なんです。私はずっと、そんな先生の本を読んできました。そして、そんな本に感動し、勇気づけられてきました。これからも、そんな先生の本を読んでいきたいんです」

興奮した毬原に比べて、読子の口調は淡々としていた。しかしその一言一句を、ねねねは聞き逃せない。

「初めて先生の本を、『君が僕を知ってる』を読んだ時。私はすごく感動しました。一三歳の女の子が書いたって聞いて驚きました。そんな若い子が、世界に向かって、ちゃんと言いたいことを持ってる。尊敬せずにはいられませんでした」

これは、もっと早く伝えるべき言葉だったのかもしれない。読子は心の底で、そう思っていた。

「でも、ちょっとだけ思っちゃったんです。この人がだけど、本当に伝えたいのは、もっとずっと身近にいる人なんじゃないかって。お父さんや……お母さんとか……」

「……………………」

ねねねは、口を挟まない。それは肯定にも、否定にもとれる。

「その人たちに、伝えたいことが伝わったかは、わかりません。でも、せめて、私は先生に教えたかったんです。あなたの言いたいことは、私たちがちゃんと知ってるからって。そのことが、私たちを感動させてくれたからって、今度は、私たちのほうから、先生に伝えたかったんです」

読子は不器用に、もたもたと言葉を紡いでいく。

「だから、私は、ずうっと菫川先生が大好きなんです」

まるで恋の告白を終えたように、読子が大きく息をついた。

「……会う前から、その人を大好きになれる作品って、権威ある賞をもらうより、ずっと素晴らしいと思いませんか？」

読子はねねねを見つめていた。ねねねも読子を見つめていた。

部屋の中には、一人の作家と二人の読者。しかし毬原は、取り残されたままだった。

「綺麗事を並べるな……僕は知ってるぞ」

毬原の声が、いびつに歪んだ。カサ、とシザーハンズの持ってきたFAXが音をたてた。

「……君はザ・ペーパーになるために、恋人を殺している！　先代だったドニー・ナカジマをその手で！　その紙で！」

不意打ちだった。感情をあらわにし、最も無防備となっていた読子に、毬原の言葉が浴びせかけられる。読子の心は、激しくえぐられた。

「!?」

ねねねの視線が突き刺さった。それはまだ驚きだったが、いつ非難と恐怖に変わるかはわからない。

「師よりも！　恋人よりも！　本を獲ったんだ！　愛書狂としては共感できるが、そんなひとでなしの言葉が、どれだけ信用できるんだ！」

一語一語が、読子に刺さった。

読子の視線が、焦点を失った。

毬原の銃が、ねねねから離れた。それはきわめて素早く、読子に向けられた。

「！」

当然ながら、読子の反応が遅れた。

「バカぁっ！」

ねねねが、身体ごと毬原にぶつかっていく。

胸から、あの栞(しおり)がはらりと落ちた。

バランスを崩(くず)しながらも、毬原は引き金を引いた。発射された銃弾は、一直線に読子に向かっていった。

「……っ！」

避けられなかった。コートを置いてきたのも、ミスだった。紙を持たない紙使いは、普通の人間にすぎない。

銃弾が、読子の胸に命中した。読子の身体は後ろにのけぞり、そのまま倒れた。

毬原と共に床に転がったねねねが、悲痛な声をあげる。

「先生、先生っ！」

読子は動かなかった。

「さあ……ポール……続きを楽しもう……」

毬原が、よろよろと立ち上がる。

「先生っ！　先生ったらっ！」

しかしねねねの意識は、倒れた読子に集中していた。

「……これが、デッドエンドだ……いい勉強になったろ？」

「バカぁっ！　こんな幕切れ、死んでも書かないからっ！」

「絶望を見つめるんだ、ポール。それが作家としての成長……」

そこまで言って、毬原の言葉が止まった。

「…………がっ……」

それ以上は、喋れなかったのだ。喉に、紙が突き刺さっていたために。

「うおっ……」

驚いたのは、ねねねも同じだった。

「せんっ……」

涙まじりの顔で、ドアのほうを見る。

読子は倒れたままだった。しかし、その腕が宙へと伸びていた。なにかを投げた後のように。

ねねねはその時、毬原の喉に刺さっているのがあの、栞だと気づいた。

ポケットから落ちた栞は、シーツが起こした風に乗って、読子のほうに落ちたのだ。

「ぺー……ぱぁ……」

それが喉に刺さった紙を指すのか、読子を指すのか。毬原は、どうと床に倒れる。

「…………」

読子が、のろのろと身体を起こした。

「先っ、生――――っ！」

手錠のままで、ねねねが読子に突進した。勢いづき、そのまま読子を押し倒す。

「バカぁぁぁーっ！　心配させせんな、どあほうっ！」

「……すみません……」

ねねねの下敷きになって、あたふたと読子が謝る。紙使いとしての力を発揮した記憶はない。では、なぜ……。

「あっ……」

読子は、胸ポケットに入れておいた『猫のいる街角で』を取り出した。

ほぼ中央に、弾丸が刺さっている。ペラペラとめくると、最後の五ページを残してほぼ、貫通していた。

「……………」

読子が、ねねねを見つめる。

「ハッピーエンドにしては、ありふれてますか？」

「……いいじゃない。デッドエンドより、ずうっと好き」

「………………」

笑いが出てもおかしくない状況だったが、二人の間には沈黙が横たわっていた。

「……ちょっと、待っててください……」

読子はのろのろと外からティッシュペーパーを見つけだしてきた。

こよりを作り、ねねねの手錠の穴に差し込む。

「動かないで、くださいね」

「そんなんで、ホントに……」

開くの？　と言い終わる前に、手錠が開いた。

「ええっ？」

ねねねが自由になった右手で、読子からこよりを奪う。芯のない、へにゃへにゃした普通のこよりだ。

「……これが……」

「紙使い……ザ・ペーパーの能力です……」

現実に、目の前でそれを発揮されても信じられない。せいぜい手品にしか思えない。

「今、こっちも……」

消沈したままの読子が、左手の手錠に、同様にしてこよりを差し込む。

「……ちょっと、先生……」

話しかけたねねねの手に、雫が落ちてきた。

「……………………先生？」

涙だった。読子の涙が、ねねねの手を濡らしていた。

「……すみません……ちょっと……」

「……さっきの、こと？　本当なの？」

追及するのは残酷に思えたが、ねねねはあえて言葉をつなげた。

「……はい……」

鍵穴の中で、こよりが曲がった。集中が途切れ、紙がもとの姿に戻ったのだ。

「……私……私、本のことになると、おかしくなっちゃって……自分でも、止められないほどに……」

鳴咽まじりで、語っていく。詳しい事情はわからなかったが、読子の哀しみだけは、ねねねに伝わってきた。

「……ドニーは、本より、私を選んでくれたのに……私は……彼より、本を……本のほうを……どうして……ドニーだって、この世に一人しかいないって、知ってたはずなのに……」

うつむき、涙と言葉をこぼす読子を、ねねねはじっと見つめていた。

「……死のうと、思ったんです……でも、ドニーは、最後にこのメガネをくれた……私が死ぬと、もう本当に彼は、なにも読めなくなっちゃう……でも、これって、言い訳なんでしょうか……？」

我慢の限界だった。ねねねは手錠のついたまま、両手で読子の顔をつかみ、ぐいと上を向かせた。

「えっ……？」

涙で崩れた読子、驚きに染まる彼女の頬を、びびっと引っ張る。

「ひ、ひぇっ！」

「泣くなっ！　笑えっ！」

ねねねの顔は、強い意志に満ちていた。読子はただ、驚いているだけだったが。

「どんな事情があったかは知らないっ！　でもね、そのドニーさんだって、本よりも、あんたが好きだったんなら、あんたのほうを選んだんなら！　泣き顔なんて見たいわけがないでしょっ！」

読子はまっすぐに、ねねねを見つめている。八歳も年上なのに、メガネの奥の瞳は子供のように見えた。

「笑えっ！　あんた、本が好きなんでしょ⁉　どうしようもないほど好きなんでしょ⁉　だったら、あたしの本を読めっ！　これから何冊でもおもしろい本書いて、喜ばせてあげるから！生きててよかったって、思わせたげるから！　あんたも、そのメガネん中にいるドニーさんも、あたしが幸せにしてあげる！　あんたたち、ハッピーエンドにしてあげるから！　だからもう、悲しむなっ！」

ねねねは必死だった。必死に読子を励ましていた。今ここで崩れたら、読子は立ち直れないような気がしたからだ。

「ひぇんひぇぇ……」

読子の目から、さらに大粒の涙があふれた。それまで出ていたものとは異質の涙が。

ねねねが手を離す。伸びていた読子の頬が元に戻った。

「せんせ、ぇぇ…………」

読子がねねねの肩に頭を落とし、泣きだした。

「泣くなって、言ってるでしょ！」

「すみません……でも、でもぉ……」

あの刃物まみれの怪人を倒したとは思えないか弱さで、読子は泣き続けた。

ねねねはできるだけ優しく、そして感謝の気持ちをこめてその頭を撫でてやった。


問題なのは事後処理だった。

読子とねねねは苦労して、気絶したままの男たちを一カ所に集め、縛り上げた。シザーハンズだけはロープを切るおそれがあるので、本の下敷きにしておいた。重傷かもしれないが、死ぬことはないだろう。毬原も、言ってみればツボをおされて仮死状態のようなものである。きちんとした手当てを受ければ、心配はない。

そうした後、外の公衆電話から、警察に通報し、簡単な事情を説明する。

一応、事情を書いた紙も残しておいた。

読子の出番はここまでだ。あまり深く事件に関わると、立場上問題が出てくるのだ。今さら、という気もするが。

ねねねは現場に残って事情聴取を受けるべきだったが、読子と離れるのを嫌がった。

かくして二人は、あまり車も通らない田舎道を、ぽつぽつと歩きながら帰ることになったのだ。

「……菫川先生、やっぱり、残ったほうがよかったんじゃないでしょうか？　おまわりさんだって、聞きたいことあるでしょうし」

「だからぁ。今日はツカレたから、明日シュットーするって。傷ついてんのよ、私」

「はぁ……それで、あの……」

「わかってるって。先生のコトはうまくハグらかすから。こー見えても作家よ、まかせんさい」

「お願いします……」

読子の引っ張るケースの音が、カラコロと余計に寂しい。ねねねは制服を切り刻まれているので、読子のコートを引っかけている。シザーハンズを起こさないように、コートだけを取り出すのはなかなか重労働だった。

「にしてもぉ……お金ぐらい、持ってきなさいよ！」

「すいません。タクシー代がけっこうかかったもので」

ねねねのサイフは学校に置いたままだ。読子は来る時のタクシー代で持っていた金を大半使ってしまった。おかげで、時折通るタクシーを拾うこともできない。

しかしそれでも、この家までの長い道のりは、不思議と穏やかな会話で満ちていた。

「ねぇ先生？」

「はい？　なんですか、菫川先生？」

「その言い方ヤメてよ。お互い先生だなんて、ややこしいったら」

「でも、ではどうお呼びすれば……」

「ねねね、でいいって」

「…………………………」

読子は黙りこんだ。自分の中で、いろいろとシミュレートしているようだ。顔に苦悩の色がにじみ出てくる。

「それは……なんだかものすごく、呼びにくいんですが……」

「なぁんでぇ？　八つも年上なんだから、いいってば……」

「いえ、でもあの……」

どんな相手でも敬語で接する読子としては、やはり突然ねねねを呼び捨て、というのは抵抗があるのだ。

「しょうがないなぁ。じゃあ菫川さん、でいいわよ」

「菫川……さん？」

「うんうん。それでよし」

妥協（だきょう）のポイントを見つけて、読子は胸を撫（な）で下ろした。

「……で、なんでしょう、菫川さん？」

「私、才能ってあると思う？」

軽い口調で、重い質問が飛んできた。毬原に言われたことが、少なからず残っているのだろうか？　しかし読子としては、思っていることを伝えるしかない。

「それは……正直わかりません」

「なんでぇ？」

「才能にも、いろんな種類がありますから。でも、才能があっても無くても、私はあなたの小説が好きですよ」

「うん……まあ、ありがと」

春の夜の風に、会話が溶けていく。二人はずっと溜めていたように、とりとめのない会話を楽しんだ。

「……ね、先生。次の話、聞きたい？」

ねねねのサービスに、読子の顔がぱっと明るくなる。

「ええ！　よろしければ！」

ねねねはもったいぶって腕を組み、話し始めた。

「今度はね、小さな高校に赴任してきた、女の教師を主人公にしようと思ってるの」

「はっ……？」

「この先生、普段はトロくてカッコ悪いんだけど、でも、裏の世界じゃちょっとした有名人なのよ」

「……あの、菫川さん、それはひょっとして……」

「それで、特別な力で悪いヤッらやっつけて、生徒を助けるのよっ」

読子が立ち止まり、困ったような顔で抗議する。

「それって、実在の人物に関係あるノンフィクションじゃないでしょうかぁ……？」

ねねねは悪戯っぽく笑い、振り返った。

「いいじゃん。こんなネタ、置いとくなんてもったいないもん」

「あのですね、私のほうにも都合が……あんまり表だって活動とかしちゃうと、上の人に怒られるんですがぁ……」

「私の小説のため。ギセーになってちょーだい」

「そんなぁ……コワい人、いっぱいいるんですよぉ……菫川さんにも、ご迷惑とかかかっちゃうかもしれないし……」

ねねねが立ち止まる。立ち止まって、読子を見つめる。

「そしたら、また先生に守ってもらうし」

「私がですかぁ……？」

「ゆったじゃん。守ってくれるって」

「はぁ……」

春の月が、二人を照らしていた。

上機嫌で、ねねねが歩き出す。読子がゆっくりとそれに続く。

「先生が私の先生で、私が先生の先生……」

「なんだか、早口言葉みたいな関係ですねぇ……」

「で、先生は私のファンで、私は先生のファン」

ねねねの意外なひと言に、読子がつい大声を出す。

「ファンって、私のぉ？　先生がっ」

「菫川さん、でしょ」

「す、すいません……でも……」

「いいじゃん。こんなカンケー、あんまり無いよ。少なくとも、私は初めて」

ねねねは楽しそうに笑った。

一七歳の、影のない笑みだった。

「…………………私も、です」

この笑顔のために、読子は今日、走り回ったのだ。それは彼女にとって、実に満足な報酬だった。

ドニー……。

辛いことも、いろいろ思い出した。しかし昨日までに比べて、その記憶からくる苦痛はずいぶんと和らいでいる。

それはやはり、ねねねのおかげだろう。

読子は、彼女の著作を読んだ時とはまた別種の喜びを感じていた。

「なにぼーっとしてるの、先生。真夜中になっちゃうよ、帰ろ」

「はい……」

春の穏やかな夜の中を、二人はのんびりと帰っていった。長く、楽しい帰り道を。


数日後。

「おー！　菫川！」

「もういいんかっ⁉」

警察の事情聴取を終え、久しぶりに登校してきたねねねは、視聴覚室に入るなり、クラスメイトたちにとり囲まれた。

教室は、シザーハンズが開けた穴を修理しているので、当面の授業はこの視聴覚室で行われているのだ。

「うん。もう平気。ワイドショーがちょっとうるさかったけど」

ストーカーによる高校生作家の誘拐事件ということで、ねねねはマスコミの注目の的になった。スキャンダル的な扱いをする局もあったが、被害者ということで、世間の大半はねねねに同情的だった。

そして実に現金なことだが、この騒動でまた彼女の著作が売れ始めたのだ。

毯原たちは、逮捕されて裁きを待つ身となった。

ねねねの聴取を担当した刑事は熱血漢で、

「絶対、罪を償わせる」

と約束した。どういう結果になるかはわからないが、当面、彼を信じていてもいいだろう。

「ケガとかなかったー？」

「みんな心配してたんだよ、マジ」

のりと晴美が、肩を叩く。クラスメイトをこんなに身近に思うのは、ずいぶんと久しぶりな気がした。

今回の、このバカげた事件は、決して愉快なものでもなかったが、それでもずいぶんと得るものもあった。あの、毬原の言葉ではないが。

父親からも、久しぶりに電話があった。不器用な言葉の端々に、心配の色が覗いていた。かつての自分なら、それでも直接帰ってこない父を罵ったかもしれない。しかし今は、不思議と怒る気になれなかった。

自分は、なんのために小説を書いてきたのか。最初は確かに、両親の賞賛、そして注目が欲しかったのかもしれない。

しかし〝書く〟ことは、いつしかその行為を越えてねねねを動かしていった。

では自分は、これからなんのために〝書く〟のか。

正直、まだわからない。だがあの時、必死で言葉を続けて読子を励ました時の感情に、その鍵があるかのような気がする。

ねねねはゆっくりと、それに取り組んでいくつもりだった。少なくとも、うるさいほど感想を聞かせてくれる〝読む子〟はいることだし。

授業開始のチャイムが鳴った。

「あ、やべ。課題やってね」

「菫川、あとでね」

「今日、お昼一緒に行こ」

「一時限、世界史?」

生徒たちがわらわらと席に散っていく。

ねねねも自分の席についた。正確に言えば、自分の席にあたる視聴覚室の席だが。

ドアが開いた。

「きりーつ……礼!!」

学級委員の号令で、生徒たちが一斉に礼をする。

そしてねねねは、頭を起こし、教壇を見た。

「…………………………。うそ」

え? という顔で、男の教師が立っていた。


仕事をしている時は気づかないが、図書室の空気はずいぶんと暖かい。

陽光のせいだけとも思えない。本が醸し出す雰囲気が作用しているのだろうか。

ねねねはぽつんと、その中に立っている。

「気分が悪い」

と言って、授業を抜け出してきたのだ。

いつしか足は、保健室ではなく、ここに向いていた。読子と初めて会った、この場所に。

読子・リードマンは、事件のあった次の日に「個人の事情で」学校を去ったということだった。

赴任初日にすべての授業をサボり倒し、二日目も学校の一大事に行方不明になった教師を、引き留める者はいなかった。

読子・リードマンは「問題教師」というレッテルを貼られて、垣根坂高校からいなくなったのだ。

「なんだよー……。黙って行くこと、ないじゃんかよー……」

力の入らない声で、ねねねはのろのろと図書館の奥に向かう。

あの、長い帰り道が読子に会った最後だった。

ずいぶんと話したが、まだまだ喋りたいことがあった。

休み時間。放課後。休日。授業をサボって図書室で。そんなことをこれから話そうと思っていたのだった。

しかし読子は、あっさりと去ってしまった。

あの騒動が、夢だったかのように。ねねねは警察に、読子のことを話していない。都合が悪いことは「捕まってたんで、わかりません」とゴマかした。ある意味で、事実だ。

毬原たちも、読子に関しては話している様子がない。刑事の話からそれはわかった。裏の世界には、裏の世界なりのルールがあるのだろう。

「……………あたしのサイン、いらないのかよー……」

ねねねはうつむきながら、図書室の最奥部のコーナーに入った。ここで、読子に会ったのだ。

もちろん、誰の姿もなかった。

「……………………。……………………え？」

だがしかし、ねねねはかすかな違和感を感じた。本棚を見慣れている者ならわかる、小さな小さな違和感。

古ぼけたハードカバーに隠れるように、棚の中に文庫本が並んでいる。

「！」

慌てて手に取る。『猫のいる街角で』。ねねねの本だ。

中央に、丸い穴が開いていた。弾痕である。間違いない、読子が持っていたものだ。

ぱら、とページがめくれた。栞がわりに、手紙が挟んであった。

封筒にも入ってない、白い紙を四つ折りにしただけの野暮な手紙だった。

文面に目を落とす。ミミズがのたくったような、世にも読みづらい手書き文字が並んでいた。

ねねねはじっくりと、文章を追い始めた。

『菫川ねねね、さんへ。

すいません。ちょっと急ぎの用ができちゃったので、失礼します。

サインとかもらいたかったのですが、また今後会った時にします。

今回のこと、ありがとうございました。ほんの二日でしたが、先生と一緒にいれてとても楽

しかったです。

締め切りと健康に気をつけてください。

追伸。私は、あなたを見ています。世界のどこにいても、あなたの本を通して、あなたを読んでます。私だけでなく、他の人もそうです。あなたはさびしくありません。でも、ちょっとつらい時や困った時は、呼んでください。どこからでも飛んできます。

私、先生の本に逢えて、先生ご自身に逢えて、本当に幸福です。

あの夜、先生は私を助けてくれました。本当に本当に、ありがとうございます。

追伸の追伸。でもやっぱり、新作は別のにしてもらえれば……

読子・リードマン　草々』

字がへたなら、文章もひどいものだった。

ねねねは苦笑しながら、つぶやいた。

「ヘッタな文章……よく、読ませる気になったなぁ……私、これでも作家だよ？」

笑っているのに、ほろほろと、両の目から雫が落ちてくる。

他人の文章を読んで泣いたのは、久しぶりだった。

「せっかくサイン練習してきたのに……バーカ……」

ねねねは泣き笑いの表情で、窓の外を眺める。

校門の前。

春の坂道の向こうから、あのスーツケースの音がカラコロと聞こえるような気がしてならなかった。


イギリス。

ベイカーストリートの一角に、そのアパートメントはある。

そのアパートメントの、あるフロアーに、その部屋はある。

『D．N．』と簡素なプレートが、ドアにかかっている。

ドアを開けると、そこは本の洪水だ。廊下に、部屋のいたるところに備えつけられた本棚は、当然のごとく本であふれている。

洋書、和書、写真集、ペーパーバックにコミック、絵本……あらゆる類の書が見てとれる。

本棚は所有者の性格を表すと言うが、この棚の持ち主はどうにもおおらか、悪く言えばとりとめのない人格のようだ。

その部屋の奥、陽の当たる本棚の前に、読子は立っている。

「ただいま、ドニー……」

この部屋は、ドニー・ナカジマが誰にも秘密で借りていたものだ。と言っても、稀少なものとか、大英図書館の極秘資料とか、そういう種類のものはない。

ごくありふれた本の並ぶ、普通の書庫だった。

この部屋の存在を知っているのは、読子だけだ。彼女はここを自由に使っていいとドニーから許しを得ていた。

言わば、二人だけの〝秘密の書園〟なのである。

読子はいま、任務の前にと空港からこの部屋に直行していた。

「おみやげが、あるの」

スーツケースから、ねねねの『猫のいる街角で』を取り出した。汚れ一つない、新品だ。

「菫川先生の新刊！　あのね、それでね、私日本で、先生本人に会ってきちゃったの！」

目の前の棚、ねねねの著作が並ぶそこに、『猫のいる街角で』を差し入れる。

「ドニー、『感受性豊かな、もの静かな子に違いない』って、言ってたでしょ、ぶー、ハズレ！　先生って、とっても元気で活動的で、私よりずっとしっかりしてたんだから！」

無論、答える者はいない。

だが、本棚は読子の言葉を静かに受け止め、包みこむ。生前のドニーがそうであったように。

大英図書館のエージェントとして、裏の世界に生きたドニー・ナカジマ。

彼に墓は無い。写真も無い。

しかしそれでも、彼の愛した本はここに残っている。

読子の中に、想い出は残っている。

彼は本と一体となり、読子を包んでいる。メガネを通して、彼女と感動を共にしている。

読子は実感していた。

本が好きで、よかった。

「……先生、またおもしろい本書いてくれるって。……一緒に読もうね、ドニー……」

山のような本に彼を感じつつ、読子は微笑した。

本が好き。

ドニーが好き。

大好き。

次への幕間劇『だいじょうぶ、と彼女は言った』

どこにでもある本屋だった。

場所は駅前。通勤、通学や帰りの学生、サラリーマンがちょっと立ち寄る、普通の店だ。雑誌とコミックを主体に、文庫、地図、実用書、ノベルスなどが平均的に置いてある。品ぞろえはそこそこだが、やはり大型書店とは比べようもない。

それでも、なんとか暮らしてはいけた。老いた自分に猫一匹、食うだけなら困らない。雑誌の上げ下げは歳と共に辛く(つら)なるが、それは仕方ない。

だが最近は、近所のコンビニに雑誌の売り上げを持っていかれる。一人息子は都市部にアパートを借りて独り暮らしをしている。

いっそ自分も老人ホームに、とも考えたが、まだそれだけの蓄え(たくわ)は無い。

月ごとに緩(ゆる)やかに落ちる売り上げは、神経痛と共に悩みの種だ。

そんなある日のことである。


「あの……」

レジの前に、女の客が立った。ロングの髪に不格好なメガネ、春だというのにコートをひっかけ、旅行にでも行くのかスーツケースを引きずっている。

メガネの奥の目はやや垂れ気味で、どこか他人の嗜虐欲をそそるものがある。学生か社会人かはわからないが、さぞかし周りから小突かれているだろう。

女はおろおろと、か細い口調で繰り返した。

「あの……」

「はい？」

つい、必要以上に険のある返事をしてしまった。客商売には厳禁なのに。

女は少し怯んだようだったが、再度意を決して口を開く。

「本、ください」

「…………………」

穏やかな時間が流れた。

「まあ、うちは本屋だから。本売るのは当たり前なんだけど。見てのとおり、本ったっていろいろあるからね。あんたが選んでくんなきゃ売り様がないな」

どうしてこんな刺のある言葉になるのだろう。自分ながら驚きつつも、止めることができない。

「いえ、ですから、あの……」

「なに読むの？　雑誌かなんか？　マンガだったらあっちの棚だよ」

鬱陶(うっとう)しげな態度に、女はしぶとくくらいついてくる。

「本、なんです」

「だからぁ……」

「本、全部」

「はっ?」

女は大きく手を広げ、店の中を指した。

「この店にある本、全部ください」

「………………………」

冗談かと思った。狂人かと思った。

どちらでもなかった。


一週間後。

東京都郊外の老人ホーム『日溜まり良好』に入所してきた佐川光晴(さがわみつはる)(六七)は、割り当てられた個室に入るなり、棚(たな)に一枚の写真を飾った。

写真には、即席で作った『祝閉店』の垂れ幕を手にした佐川が、入口前でVサインを出しているのが写っている。バックは、宅配便センターの若い衆が棚じゅうの本を梱包(こんぽう)している店内だ。そして自分の横では、あのメガネをかけた客が困ったような笑顔で、それでも不格好にVサインをつきあっている。

佐川書店最後の日の、記念すべきメモリアルだ。

それを見た所員が、声をかける。

「お孫さんですか？」

「とんでもない」

佐川は手をあわせ、拝んで言った。

「女神様です」


「やっちゃいました、またやっちゃいました！　ああ、私ったら！」

読子・リードマンはおろおろと頭を抱えながら、電車に乗っていた。

読子は今日、一カ月ぶりに海外から帰ってきたばかりだった。成田から新宿に出て、家に帰ろうと総武線に乗ったら寝過ごして、はるばる千葉のほうまで行ってしまったのだ。

それだけなら折り返して帰ればいいものだが、ホームから見える『書店』の文字に身体が疼き、駅を飛び出て入ったが最後、読んでない雑誌に読んでない新刊に頭をかき乱され、気がつくと書店を閉店にまで追いやってしまった。

「どうして、どうして私ったらこうなんでしょう……」

本がからんだ時の行動は、我ながら恐ろしいものがある。今日などは、ひょっとして一人の人生を変えてしまったのではないだろうか？

なんにせよ、これでは一カ月もかかった『D―BOOKS』事件のギャランティーもあっという間に無くなってしまう。

はっきり言って、読子は貧乏だった。

大英図書館特殊工作部のエージェントとしてのギャランティー、そして時折入る非常勤教師としての給料は、莫大な本代とそれを保管するための複数のアパート代で飛んでいってしまう。

幸いにしてファッションには興味が無いし、食べるものも特にこだわりが無いのでそっち方面の出費は驚くほど低い。もしこちらで同年代の女性並みに出費していたら、彼女はあっという間に餓死しているだろう。

いやそれより、あの本屋丸ごと一つぶんの本が、家に届いたらどこに置けばいいのか？

読子は心の平穏のため、そこで考えるのを止めた。

なんにせよ、読子は人生でも数度目の〝一店買い〟を反省し、自己改革の炎を燃やしていた。

「決めました……」

誰が聞いているわけでもないのに、読子は口に出して宣言する。

「私、しばらく本を買いません！」

『ご乗車、ありがとうございました。まもなく御茶ノ水、御茶ノ水に到着いたします』

読子の決心を讃えるように、電車は読子のホームタウン、御茶ノ水に到着した。

読子の自宅は、御茶ノ水の坂を下ったところ――神保町(じんぼうちょう)にある。

都内、そして世界でも最大の本屋街と言われるこの町には、大型書店から古本屋まで、路地の裏々まで書店の看板が見てとれる。

読子がこの町に定住しているのも、ひとえに〝本がいっぱい、早く買える〟という理由からだ。だから、自らに〝禁書〟を誓った読子にとって、今ここを歩くことは禁煙者がタバコ工場を見学すること、ダイエット者が満漢全席(まんかんぜんせき)のプールに飛び込むことに等しい。

「ふんぐっ……ぬぬうっ……」

読子は妙なうめき声をあげながら、店の前を行ったり来たりしている。

店の名前は書泉(しょせん)ブックマート。坂を下りた交差点にある大型書店だ。サブカルチャー系の書籍に強く、音楽、ゲーム関連書などの品ぞろえには目を見張るものがある。

今日の読子にとって、第一の関門がここだった。

さっさと通り過ぎれば問題ないのだが、磁石(じしゃく)に引き寄せられる砂鉄(さてつ)のごとく、本屋は読子をとらえて離さない。

ひょっとしたら、さっきの本屋に入荷してない新刊があるかも……。

そんなことを考え始めるともうダメだ。読子の足は、ついつい自動ドアに向かってしまう。

「……本を買わないんです。本屋に行かないとは、言ってません」

読子は心に棚(たな)を作り、堕落(だらく)への一歩を踏み出した。

「ああっ！」

入るなり妙な声をあげる客に、レジのお姉さんが驚きの視線を飛ばしてきた。

しかしその客——読子には、そんな視線は気にならなかった。

彼女の全神経は、新刊の平台に集中していたのだ。

そこには『筋肉令嬢一〇〇万ボルト』というタイトルの、ノベルスが置かれていた。著者の名前は筆村荒。読子が愛読し、新刊は必ず買う作家の一人だ。

「あうう〜〜〜」

読子はへなへなと、その場に崩れ落ちた。

「どうしてこんな日に、新刊が出てるんですかぁ〜〜〜神様の、バカぁ〜〜〜」

新刊の発行を決めるのは神様ではないだろうが、読子としては恨まずにはいられない。

「あぁ〜〜〜」

読子は悩んだ。誓いを立てて、まだ三〇分と経っていない。

しかし筆村の本は、たいがい出るとすぐに返品、絶版になってしまうので、見つけた時に買わないと後で死ぬほど悔やむことになる。

彼女は今、二者択一を迫られていた。

買って帰って読むか!?　買いのがして死ぬ（ほど悔やむ）か!?

READ　OR　DIE?　READ　OR　DIE!?

「…………………！」

読子は決心の面を上げた。

「筆村先生、すみませんっ！」

身を翻し、出口に向かおうとする。

「……あう？」

そのポスターが、目に飛び込んできた。


「あの……同じ本、五冊でよろしいですか？」

「はい」

読子はレジに、『筋肉令嬢一〇〇万ボルト』を五冊置いていた。

読む用、保存用、貸す用、いつかサインを貰う用、予備、の五冊である。しかしたいがい、どれも部屋の本の波に飲まれて行方不明となってしまうのだが。

「カバーはおかけしますか？」

「いえ、いいです。それより、あの、その……」

読子は壁のポスターをついついと指さす。そこには『筆村荒先生サイン会！　新刊「筋肉令嬢一〇〇万ボルト」を御買い上げの方に、当日整理券をお渡しします』と書いてある。

そう、中身を読むのが目的ではないのだ。自分は、筆村先生にサインを貰うために、しかたなく買うのである。ということは、これは本ではなく整理券引換券のようなものではないか。

そうだそうだそうなのだ、そうに決まっているのである。

読子の心の棚は、もう一段増えた。

「あ　あれですか……」

「はい。……あの、やっぱり五枚貰えるんですか？　貰えますよね？」

「いえ、実は……」

レジのお姉さんが、困った顔になる。

「これ、明日なんですけど……先生、明後日までベネズエラに急な取材で出ちゃって、中止になったんです」

「えぇーっ!?」

読子の中で、なにかが音を立てて崩れていく。

「じゃっ、ど、どうして、貼ってるんですか」

「この本、一冊も売れなかったから、問い合わせもなくて……忘れてました」

「そんな……」

読子はがっくりと首を垂れる。

「お買い上げ、どうなさいます？」

顔を上げる。瞳に、決意が満ちていた。

「……あと五〇冊、ください」


えっちらおっちらと、紙袋を持って読子が歩く。

道は神保町の裏通り。入り組んだ路地の中に、古ぼけた四階建ての雑居ビルがある。

外観は普通のビルだが、廊下(ろうか)には幾(いく)つも段ボールが積まれ、階段の一段一段にも本が重ねられている。部屋の中に本があふれていることは、推(お)して知るべしだろう。

入り口脇に、マジックで紙に書いただけの簡単な表札(ひょうさつ)が貼ってある。

その名も『読子ビル』。

ここのてっぺんが、読子の住居だ。

四階ぶんの階段も、紙袋を抱えて上るとしんどい。エレベーターは、本で埋まって使えないのだ。

ようやくの思いで屋上につくと、そこには素っ気(そけ)ないバラックのペントハウスがある。読子はここに住んでいる。最初は下の階にいたのだが、部屋から本があふれて上へ上へと追いやられたのだ。

「ぜはー、ぜはー……」

息をつきつつ、周囲を眺める。神保町のビル群が、目に入る。

この到るところで、本が売られている。ありとあらゆる種類の本が。

読子は決意を固めていた。

明日、町じゅうの本屋をめぐって『筋肉令嬢一〇〇万ボルト』を買い占(し)める！

そして軒並(のきな)みのベストセラーリストに『筆村荒』の名前を刻むのだ。

そして今度こそ、サイン会が実現するよう、嘆願書も書くのだ。

読子は四〇分ほど前、「しばらく本を買わない」と自分に誓ったことをもう忘れていた。


「ただいま帰りましたー……」

礼儀正しく口にしながらドアを開ける。独り暮らしだから、答える者もいないのだが、これは習慣というやつだろう。

部屋のいたるところに、本が積み上げられている。

壁際には本棚があるはずだが、その前に積んだ本で、本棚自体が見えない。

端を窓際にくっつけるように、壁の中央にベッドが置かれている。レイアウトなどまったく考えていない配置だ。

「よっと……」

読子は、積みあがった本と本の間にある穴に足を踏み入れた。同じように、次の穴にもう片足を突っ込んで前に進んでいく。これが部屋の中にできた〝けもの道〟で、これをたどらないとベッドにたどり着けないのだ。

「おおっ……！」

久々のせいか、バランスを崩し、ベッドの上に倒れこむ。

毛布がわりに使っている新聞紙の下で、

「きゃんっ！」

と悲鳴が聞こえた。

「えっ？」

慌てて新聞紙をはぎ取ると、眠い目をこすって見覚えのある少女が出てきた。

「ちょっとぉ、痛いじゃないのっ！」

菫川、ねねねだった。

「⁉　菫川先生⁉」

「先生っ！　どこ行ってたの、もうっ！」

「はあちょっと、仕事で……あの、どうして私の家に⁉」

「先生が黙って行っちゃうからっ、追っかけてきたんじゃない！」

「じゅ、住所はどうやって……？」

「出版社のアンケートハガキで、わかった」

読子は、読んだ本のアンケートは必ず出すのだ。これは意外な盲点だった。

「でもど、どうやって入ったんですか⁉」

「カギ開いてたよ」

読子は、よくカギをかけ忘れて外出してしまうのだ。これは泥棒に入られても、盗まれるものが無いという理由もあるのだが。

「で、でも……なんで私を、追いかけて……」

「興味わいちゃったんだもん。なんか、裏でいろいろありそうだし」

「そんなことはありません！　私は善良で普通な一市民です！」

　ねねねは目をじっとりと歪ませ、部屋を一瞥した。

「普通じゃないよ、この部屋。ホントにＴＶもＣＤもパソコンも無いし」

「……機械、苦手なんです」

「まあいいや。これからちょくちょく遊びに来るから、よろしくね。取材よ、取材」

「……って、アレ本当に書く気なんですかぁ……？」

　読子の肩が、がっくりと落ちた。それにならって紙袋が本の上に落ち、中身が周囲に散乱する。

「なにこれ？　『筋肉令嬢一〇〇万ボルト』？　先生、こんなの読んでんの？　あたしの本読みなさいよー」

　ねねねはがさがさと部屋を動きまわり、早くも探検を始めた。

「センセセンセ、部屋の隅になんか生えてるよ。……わー！　キノコだ！　ちょっとぉ、いつから掃除してないの？」

　読子はへたへたと、本の上に座りこんだ。

「他の服とか、全然無いじゃん。もしかして、ずっと着たきり？　おっかしーよぉ」

　ねねねが来てくれたのは、単純に嬉しい。しかし、女子高生にして作家という彼女の莫大な好奇心に、自分のエージェントとしての秘密はどれだけ暴かれてしまうのだろう。

　それがバレた時……大英図書館のスタッフは、どんな顔をすることだろう？　なかなかに気分は複雑だった。

「ああっ……ジョーカーさんに、怒られるぅ……」

ねねねは頭を抱える読子を覗(のぞ)き込んで、無邪気に言った。

「だいじょーぶだいじょーぶ、あたしがついてっから。ハッピーエンド間違いナシ！」

（つづく）

あとがき

本が好きです。

この世のなによりも好きです。好きすぎて、こんなお話を思いついてしまいました。

読者はなぜ本を読むのか？　作家はなぜ本を書くのか？　人間にとって、本とはなんなのか？　そんな疑問を、読子やねねねと考えてみたいと思います。

我ながら、エラい話を始めてしまったなぁ、という気もちょっとしますが、よろしければおつきあいください。


この場を借りて、キャラクター原案とイラストレーションの羽音たらく、ロゴデザインの神宮司訓之、スケジュール管理の長井仁、スーパーダッシュ文庫編集の永田勝一、ゲストにしてコミック版執筆者の山田秋太郎、そして本書発行に携わったすべての人に感謝を。敬称略で。

どうもありがとうございました。


また次巻、あなたが行きつけの本屋さんにてお会いしましょう。

倉田英之

R.O.D

祝
ROD
小説発刊
オメデトウ
ございます。
・オメデトウございます!!
記念すべきR.O.D小説第一弾
におじゃましてるのは 同じR.O.D
を ウルトラジャンプでマンガにて お手
伝いしてます 山田秋太郎という者です。
アニメも小説もマンガも ３つともども
色々な読子が見れて
きっと楽しいハズ
さあ君は
読まずに
死ねるか!?
山田秋太郎でした。
マンガは9月頃
出るよ。4649.

R.O.D.

READ OR DIE　YOMIKO READMAN "THE PAPER"

倉田英之
スタジオオルフェ

集英社スーパーダッシュ文庫

2000年 7 月20日　第 1 刷発行
2016年 8 月28日　第18刷発行

★定価はカバーに表示してあります

発行者　鈴木晴彦
発行所　株式会社　集英社
〒101-8050　東京都千代田区一ツ橋 2-5-10
03(3239)5263(編集)
03(3230)6393(販売)・03(3230)6080(読者係)

印刷所　株式会社美松堂／中央精版印刷株式会社

ISBN978-4-08-630002-8 C0193